Ralph Winkler · Susanne Schlecht

Nie wieder Flügelhemd

Eine autobiografische Erzählung

Impressum:

Ralph Winkler
Tanauer Straße 2
D-73565 Spraitbach

Telefon: 0172 7331545
E-Mail: Nie.Wieder.Fluegelhemd@gmail.com

Umschlagsgestaltung: Sarah Teimel und Chiara Nothdurft
Autorenbilder: Hanns-Georg Sauter

www.niewiederfluegelhemd.de

Besucht uns auf Facebook:

https://www.facebook.com/Nie-wieder-Flügelhemd-454637865075420

1. Auflage März 2019

ISBN 9781092341950

Motorradfahren.

Das war das Erste, was mir an diesem Morgen durch den Kopf ging. Und es war das, was mein Leben für immer verändern sollte.

Teil 1

Flog über Wolken mit dem Wind und runter in Nebelschwaden

(Zitat des Lieds „Sorgenleer“ der Band Frei.Wild)

Sofa daheim

Das ist meine Geschichte. Es ist Sonntag, 21. Juni 2015. Ich werde dieses Datum nie vergessen.

Die Uhr zeigt elf. Ich liege noch gemütlich auf dem Sofa. Einer beigen Ledercouch, einem Dreisitzer, das brauche ich schon bei meiner Größe von 1,89m. Zugedeckt bin ich mit einem roten Teppich. Natürlich mit keinem Teppich, wie ihr ihn euch jetzt vorstellt, so einem, den man sonst auf den Boden legt. Eigentlich meine ich eine rote, weiche Kuscheldecke, aber irgendwie habe ich diese Wortwahl von meiner schwäbischen Oma übernommen. Sie pflegte zu sagen: „Bua, sei doch so guad, ond hol mr mol an Deppich." Auf mir bzw. meinem *Deppich* hat es sich noch meine Katze Minnie gemütlich gemacht. Ein wirklich schönes Tier, eine schwarze Perserkatze, die mit diesen unglaublich langen und weichen Haaren.

Daheim trage ich gerne bequeme Kleidung, an jenem Tag ist es eine graue Jogginghose und ein schwarzes T-Shirt. Der Tag davor war recht anstrengend, da darf man sich am Sonntag schon mal erholen. Paar Videoclips gucken.

Für abends bin ich mit meinem guten Freund Tommy verabredet. In meiner Garage hat er seine alte Lichter- und DJ-Anlage unterstehen, die er übers Wochenende verliehen hat und zurückbringen möchte. Früher war er selbst als DJ tätig. Danach wollten wir zusammen auf dem Feuerwehrfest im Nachbarort ein Sonntagabendbier trinken. Doch dazu sollte es nicht mehr kommen.

Es klingelt an der Tür und Samuel, der Freund meiner 16-jährigen Tochter, kommt zu Besuch. Er ist blond, hat blaue Augen, ist aktiver Fußballer und dementsprechend gebaut. Ein echt netter Kerl, ich mag ihn.

Die Woche davor ist er auf Klassenfahrt in Amsterdam gewesen, er kommt genau an diesem Sonntag zurück. Beide freuen sich natürlich sehr, sich gleich wiederzusehen. Zum Glück öffnet meine Frau die Tür, ich kann reglos bleiben, wo ich bin. Samuel betritt die Wohnung und bleibt vor dem Fernseher stehen.

Das Verrückte ist, dass ich mich noch an jedes Detail seiner Kleidung erinnern kann, dabei weiß ich normalerweise nicht mal, was ich selbst gestern anhatte und an die Kleidung meiner Mitmenschen konnte ich mich noch nie erinnern. Darauf lege ich überhaupt keinen Wert. Ehrlich wahr. Aber ihn sehe ich noch so deutlich vor mir, wie er in einer hellblauen Jeans, Turnschuhen und einem schwarzen Kapuzenshirt, so einem, mit dieser großen Tasche vorne, ohne Aufdruck, ohne alles, dasteht. Ziemlich entspannt sieht er aus. Klar, er war ja auch in Amsterdam. Wir unterhalten uns kurz darüber, wie es war, und strahlend geht er weiter in Emelys Zimmer.

Dann verschwindet alles in einem schwarzen Nichts. Was geschieht hier? Bin ich eingeschlummert? Das passiert mir doch sonst höchstens abends. Es fühlt sich irgendwie an wie eine sich aufbauende Traumwelt. Aber doch anders. Realer.

Nasser, fauliger Sack

Irgendwann komme ich wieder zu mir. Nein, so kann man es vielleicht gar nicht nennen. Irgendwann habe ich wieder eine Art *halbes Bewusstsein*. Es ist dunkel, es ist schwarz, es ist Nacht, es ist kalt, es ist ekelhaft. Meine Gliedmaßen sind schwer wie Blei. Ich kann mich kaum bewegen, weder Arme noch Beine, höchstens etwas den Kopf. Ich liege da, wie ein *nasser fauliger Sack*.

Als allererstes vermute ich: „Schande, ich habe einen bösen Traum! Aber das ist nicht so schlimm, das passiert schon mal." Ich schüttele mich innerlich und denke, dass damit alles erledigt ist und ich aufwache. Schlimmstenfalls schweißgebadet. Leider nicht. Ich kann mich innerlich schütteln so oft ich will, ich wache einfach nicht auf. Ist blöde. Ist etwas nervig. Es gibt kein Entrinnen.

Fragt mich nicht, wie ich auf diese Idee kam, was mich dazu bewegte, aber nach einiger Zeit beschließe ich für mich: „Jetzt gehst mal aus der Geschichte raus, jetzt verlässt du diese Hülle, die wir hier auf Erden haben und begibst dich auf ein anderes Level." Genau das tue ich nun. Denn plötzlich richtet sich mein Augenmerk auf ein großes weißes Licht und durch dieses schwebe ich hindurch. Dann verlässt mein Geist, mein Bewusstsein, meine Seele, mein Hirn – wie auch immer man das nennen möchte, darüber könnte man philosophisch lange diskutieren – auf jeden Fall verlässt mein Inneres jetzt meine Hülle.

Was passiert gerade? Sterbe ich?

Wasserturm

Schließlich bin ich an einem traumhaften Ort angelangt, der sich einfach nur wundervoll anfühlt, der warm ist, der weich ist, der getragen ist, der leicht und schwerelos, ja *unendlich* ist. Losgelöst von Raum und Zeit. Dieses Gefühl ist unbeschreiblich, es ist schwer, dies in Worte zu fassen. Federleicht schwebe ich wie auf Wolken und bin überglücklich.

Nach und nach nimmt meine Umgebung Konturen an. Immer deutlicher sehe ich, wie sich eine Szenerie vor mir aufbaut. Eine Szenerie, die ich aber nicht durch meine eigenen Augen, sondern wie durch zwei Überwachungskameras gleichzeitig sehe. Die eine Kamera befindet sich schräg gegenüber, die andere hinter mir. Hauptsächlich von der Kamera gegenüber nehme ich mit der Zeit einen Raum wahr.

Der Raum ist riesig groß, ihr müsst euch das wie einen alten Wasserturm vorstellen, geschätzte 40 m im Durchmesser und komplett weiß gefliest, auch die Wände. Gefühlt ist er unendlich hoch, mindestens 30 bis 40 m, also ewig, ewig. Es ist alles komplett sauber, komplett steril, es ist alles strahlend, strahlend weiß. Trotzdem verbreitet der Raum selbst sehr viel Wärme und Ruhe.

Nun sehe ich mich selbst zum ersten Mal: Auf einer Metallliege – einer Art Pritsche – liegend, an den Handgelenken gefesselt mit zwei hellbraunen Lederriemen, vielleicht 50 mm breit. So betrachte ich mich nun von außen. Das ist echt abgefahren. Ein seltsames Gefühl.

Ebenfalls irritierend ist: Auf meinem Gesicht liegt keine Leder*maske*, sondern ein Leder*schild*. Eine Maske wäre ja geformt, dreidimensional, aber das, was ich aufhabe, ist ein flaches, dreieckiges Schild wie von einem

Ritter. Oben bogenförmig, unten eher dreieckig. Der Hintergrund ist ebenfalls hellbraun gehalten, wie die Riemen.

Dieses Lederschild ist in drei Zonen geteilt: Einmal mittig von oben nach unten und das rechte Feld einmal horizontal zur Hälfte. Im rechten oberen Teil sind drei unterschiedlich große Kreuze und im unteren drei Bäume aufgemalt. Die linke Hälfte ist vollständig leer.

Bis auf dieses Wappen und meine gefesselten Hände ist nichts von mir zu sehen, mein restlicher Körper wird von einem weißen, sauberen Leintuch bedeckt. Verwundert stelle ich das Fehlen meines Eheringes an meiner linken Hand fest. Trotzdem weiß ich, dass ich es bin, ich spüre es. Aber was ich nach wie vor nicht weiß, ist, ob ich in einem Traum schwebe oder was eigentlich los ist.

Außer mir selbst befindet sich in diesem Raum nur noch eine gigantisch große und gigantisch helle OP-Lampe. Vielleicht ist es ja das helle Licht, durch welches ich geschwebt bin? Gegenwärtig kann ich es auf jeden Fall von außen sehen.

Plötzlich richtet sich die Liege durch irgendeinen Mechanismus hochkant auf, gleichzeitig wechselt meine Perspektive und ich sehe alles eher von der hinter mir stehenden Kamera aus. Von jenem Augenblick an stehe ich quasi mitten in diesem bizarren Raum. Wieso fällt das Leintuch, welches sich auf mir befindet, nicht herunter? Weiterhin bedeckt es mich. Auch alles andere bleibt tupfengleich. Vielleicht hat die Liege unten zwei Tritte, auf denen meine Füße Halt finden, um mein Herunterfallen zu verhindern?

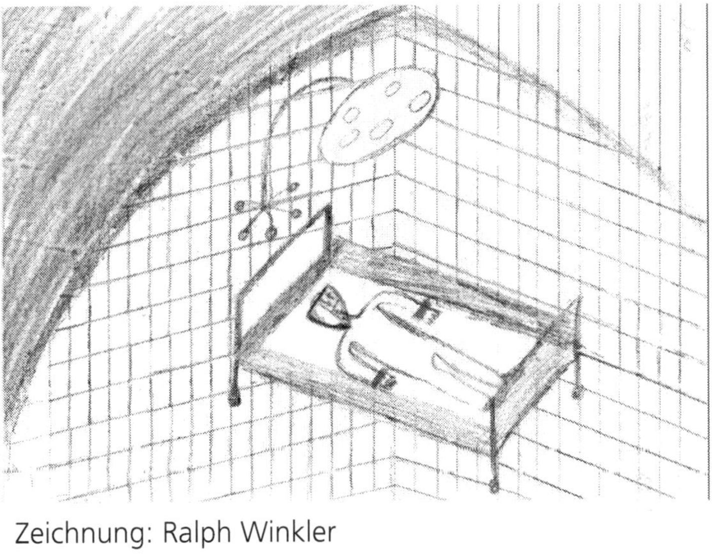

Zeichnung: Ralph Winkler

„Scheiße, es gibt keinen Boden auf dem Scheißding. Das ist voll cool, das Bett schwebt echt, das habe ich so noch gar nicht gesehen. Das Orangene oben soll nicht die Decke darstellen, sondern die Unendlichkeit, dieses „weg". "

Originalkommentar Ralph beim erneuten Betrachten des Bilds.

Dann betritt meine Frau mit einem Arzt den Raum, sie bleiben in ca. vier Meter Abstand zu mir stehen. Doch dieser Arzt ist für mich eigentlich kein Arzt, sondern der ist Beschiss. Der ist schmuddelig, ungepflegt, zerzaust und hat so überhaupt nichts von einem Arzt. Ich mustere seinen Kittel, welcher an seiner rechten Schulter seltsam verknotet ist. Das ist sehr einprägsam, nicht mal ordentlich angezogen ist er! Völlig verwirrt denke ich mir: „Also entweder ist er eine absolute Koryphäe, ein richtiger Fachidiot, welcher nur sein Spezialgebiet sehr gut kann, aber alles andere eben gar nicht. Oder… er ist überhaupt kein richtiger Arzt."

Instinktiv entscheide ich: *Der ist kein Arzt!* Dieser nachlässig weiß gekleidete Mann erklärt dann aber meiner Frau in einem gelassenen Tonfall, als spräche er über etwas so Unbedeutendes wie das gestrige Wetter: „Das ist Ihr Mann!". Anstandslos glaubt sie ihm, woraufhin ich mir wertneutral denke: „Sie erkennt mich doch überhaupt nicht. Wieso überprüft sie nicht, ob ich tatsächlich ihr Mann bin, ob *ich* es bin?" Oder ist sie selbst völlig durcheinander? Oder fühlt sie es wie ich instinktiv?

Lediglich meine Hände schauen aus dem Leintuch heraus und ich finde nicht, dass man eine Person an den Händen identifizieren kann, selbst meine eigene Frau nicht. Und auf meinem Gesicht liegt ja dieses Schild.

Der „Arzt" sagt weiter, völlig emotionslos, ohne sich die Mühe zu machen, sie dabei anzusehen: „Frau Winkler, das ist Ihr Mann, der stirbt heute Nacht noch. Sie können jetzt heimgehen." Meine Frau bricht in Tränen aus, dreht sich um und – läuft einfach weg. Sie akzeptiert es ohne jegliche Frage, will nicht wissen, ob sie mich vollständig sehen kann, welche Art der Verletzung ich habe, kein „Warum", „Wie" und „Wo".

Unter normalen Umständen hätte ich mich an ihrer Reaktion gestört, zu diesem Zeitpunkt aber stelle ich es einfach als Tatsache fest, als ein Hängenlassen und zwar im doppelten Sinne, hänge ich gefühlt ja wirklich mitten im Raum. Ihre Reaktion an sich ist mir relativ gleichgültig, nein, sie ist mir vollkommen gleichgültig, weil ich ja an einem absolut himmlischen Ort bin: Ich schwebe auf meiner Wolke 7, wie ich es gerne bezeichne, an einem angenehm warmen, weichen, ja unendlichen Ort. Losgelöst von Zeit und Raum. Schwerelos. Dieses himmlische Gefühl wird mir auch später noch viel Kraft geben.

Doch leider ist es nicht von Dauer. Auf einmal verändert sich wieder alles um mich herum und ich weiß nur noch, dass ich irgendwann wieder *in meinem Körper bin*. Den Weg dorthin zurück bekomme ich nicht mit. Er fehlt mir.

Alles ist dunkel

Wie lange ich dort war, in diesem Stadium meines Lebens oder Sterbens, eben auf meiner Wolke 7, kann ich nicht definieren. Keine Ahnung. Jegliches Zeitgefühl ging mir verloren.

Jetzt bin ich auf jeden Fall zurück in meinem Körper, was hart und erbarmungslos ist, weil ich eben von diesem sagenhaften Gefühl in ein sehr unangenehmes Gefühl zurückdrifte. Ins komplette Gegenteil. Schmerzen habe ich zwar keine, nein, ich fühle überhaupt nichts. Aber es ist ein absolut *nicht* selbstbestimmtes Leben, eine Gefangenschaft. Es ist dunkel, ja schwarz, ich kann nichts sehen, es ist schwer, es ist kalt, es ist unangenehm, eben wieder wie dieser nasse, faulige Sack. Sehr erdrückend. Und ich weiß überhaupt nicht, was los ist. Ich werde noch sehr lange nicht wissen, was los ist.

Unbeweglich und eingeengt fühle ich mich wie in einer Besenkammer stehend oder eingesperrt in einer Ecke. Ich kann mich an nichts erinnern. So langsam werde ich unruhig.

Wahrscheinlich formen sich mir die nun folgenden Gedanken, weil ich ja für abends mit meinem guten Freund Tommy fürs Feuerwehrfest verabredet war: „Puh, Ralph, da hast du es mal wieder ziemlich übertrieben! Du hast zu viel Alkohol im Blut! Gefühlt drei Promille. Jetzt haben sich die Jungs mit dir einen Spaß erlaubt, haben dir die Augen zugeklebt und dir was in den Mund gesteckt, um dich am Sprechen und Schreien zu hindern." Weiter denke ich mir: „Jaja, Jungs, wenn ich euch erwische, dann wird es für *euch* unangenehm!" Aber ich werde einfach nicht nüchtern. Nichts wird besser.

Schattengeister

Meine schwarze Dunkelheit beginnt sich zu lichten. Langsam nehme ich Schatten wahr, vielleicht Schatten von Personen, vielleicht Geister, auf jeden Fall huschen sie an mir vorbei. Sie sehen aus wie schwarze Leintücher, leicht ausgeblichen schimmernd und ohne einen wirklichen Kopf, es ist mehr ein Geisterschema, wie man es aus Kinderbüchern kennt.

Mich beschleicht der dringende Wunsch nach so einem Schatten zu greifen. Wenn ich einen Schatten fassen oder schnappen kann, dann meine ich aus dieser Parallelwelt endlich herauszukommen. Ich stelle mir vor, diese Geister sind meine Fähre zurück und mit ihnen kann ich wieder in meine Freiheit, auf die grüne Wiese, zurück in mein richtiges Leben gelangen. Und so greife ich nach ihnen. Ich *versuche* nach ihnen zu greifen, immer wenn einer vorbeigleitet. Aber sie sind so rasend schnell. Nie erwische ich einen. Das ist so deprimierend. Könnt ihr euch vorstellen, wie? *Es ist unmöglich.* Das Licht geht aus. Alles ist schwarz.

Keramikmaskenfrauen

Nach einiger Zeit völliger Dunkelheit und Stille wird ein Licht angeknipst und wie durch einen an der Decke angebrachten Scheinwerfer wird links unterhalb meines Bettes kegelförmig eine Stelle hell beleuchtet. Ab jenem Zeitpunkt bin ich vollständig in meinem Körper zurück und sehe wieder Farben und deutliche Konturen. Doch das macht es nicht wirklich besser. Eher im Gegenteil. Denn mit dem deutlicheren Sehen wird es zunehmend gruseliger.

In dem Lichtkegel steht eine Frau und sie hat – wie von nun an alle Frauen – eine weiße Keramikmaske auf. Was soll denn das? Bin ich in China? Dort tragen sie doch solche Masken? Allerdings sind sie dort kunstvoll bemalt. Diese hingegen ist vollkommen weiß.

Diese Maskenfrau baut sich vor mir auf, in den Händen drei schwarze Ringe haltend. Vielleicht sind es auch Frisbee-Scheiben mit großen Löchern in der Mitte. Damit jongliert sie und zwar den *ganzen lieben langen Tag*. Vierundzwanzig Stunden am Tag, sieben Tage die Woche jongliert die gute Frau mit den Ringen direkt vor meiner Nase herum. Immer mit den gleichen Bewegungen, nicht einmal die Position wechselt sie! Wie das nervt! Für die nächsten *fünf Monate* wird sie das machen.

Mir platzt der Kragen, schreiend skandiere ich: „BITTE! HÖR! AUF! DAS NERVT! IST GUT JETZT! AUS!" Irgendwann muss sie doch aufs Klo gehen? Irgendwann muss sie doch essen? Trinken? Schlafen? Ich schreie sie weiter an, so laut, dass es kilometerweit zu hören sein müsste. Ich beschimpfe sie sogar! Sie geht nicht weg. Sie hört nicht auf. Sie geht nicht einmal aufs Klo. Nichts. Sie jongliert weiter in einer absoluten Ruhe und Präzision wie ein Schweizer Uhrwerk. Für mich ist das sehr schlimm, sehr schrecklich. Und als ob das nicht schon nervtötend genug wäre, nein, nun gesellt sich zu dieser blöden Kuh auch noch eine zweite blöde Kuh!

Denn nun heißt es zum zweiten Mal *Spot on* und ich sehe eine zweite Frau. Ebenfalls links von mir, ebenfalls mit einer weißen Keramikmaske. Sie steht direkt an meinem Ohr. Statt zu jonglieren, schnalzt diese den ganzen Tag! Eine Art missbilligendes und verneinendes Schnalzen.

Auch sie macht das den ganzen lieben langen Tag. Ich flippe aus!

Sobald ich den Kopf zu ihr drehe, taucht sie nach unten ab. Eine Millisekunde später geht auf der anderen Seite das Licht an, sie befindet sich plötzlich dort und setzt ihr Schnalzen unbekümmert fort. Das Ganze ist so ermüdend. Ich schreie sie an: „HAU AB!", „LASS MICH IN RUHE!", „ICH WILL NICHT MEHR!", „DU GEHST MIR AUF DIE NERVEN!". Sie hört einfach nicht auf. Groll kocht in mir hoch.

Ihr dürft nicht vergessen, dass die erste Frau ja auch noch anwesend ist. Diese beiden blöden Kühe sind immerzu parallel da. Immer, immer, immer da. In *allen* folgenden Szenen treten sie höchstens etwas in den Hintergrund, aber den Gefallen zu verschwinden, tun sie mir nie. Beide reagieren in keiner Weise auf mich. *Wieso* hören sie mich nicht?

Was geschieht gerade eigentlich? Bewegungsunfähig liege ich hier, gefangen in meinem eigenen Körper und bin widerwillig Rezipient dieses makabren Schauspiels. Mit dem Erscheinen eines dritten Lichtkegels – dieses Mal an der mir gegenüberliegenden Wand – folgt des Dramas nächster Akt: Die Sicht auf eine Katze wird freigegeben.

Katzenwollknäuel

Diese Katze läuft die Wand herunter, begleitet von einem sich ausbreitenden Lichtkegel. Sie legt sich auf einen weißen, kleineren Tisch, ähnlich wie man ihn aus Krankenhäusern kennt. Es ist eine schwarze Perserkatze, ähnlich meiner Minnie. Ob sie es ist? Zeit zum Überlegen bleibt mir keine, schon gesellt sich eine zweite Katze hinzu. Eine rothaarige. Dann eine goldbraune. Eine dunkelbraune. Eine anthrazitgraue. Es werden ständig mehr, es erscheinen Katzen in Hülle und Fülle, ja ganze Berge von Katzen!

Was mich wundert, ist, dass keine einzige gescheckte dabei ist. Alle sind einfarbig, was für Katzen sehr ungewöhnlich ist. Was mich außerdem wundert, ist, dass alle in dunkleren Tönen gehalten sind, keine einzige weiße Katze. Aber eigentlich wundert es mich, dass mich überhaupt noch was wundert.

Ach du liebe Zeit, was geschieht denn jetzt? Nun verbinden sich alle Katzen zu einem Wollknäuel! Zu einem Katzenwollknäuel, welcher jetzt auf dem Tisch herumliegt. Irre.

Die Katzengeschichte wiederholt sich dutzendfach mit minimalen Abwandlungen. Mal kommt eine einzelne Katze und schleicht an der Wand entlang. Ja wirklich, an der Wand entlang. Mal kommen sehr viele Katzen, mal hunderte, mal tausende. Mal verharrt das Katzenknäuel auf dem Tisch, manchmal tapsen die Katzen auf leisen Sohlen über den Tisch zu mir und ich werde umringt von einem Berg von Katzen. Interessant.

Augenblicklich wird es wieder schwarz. Jetzt sehe ich nichts mehr, alles ist leer, kein Gedanke, keine Sicht, kein gar nichts.

Es wird hell. Au Mann. Augenblicklich wird mir klar, dass das erst der Anfang war. Jetzt kommen Mäuse.

Mäuse

Wieder werde ich von der Katzenszene heimgesucht, nur dieses Mal mit Mäusen! Sonst ähnelt sich alles. Erst huscht eine einzige schwarze Maus die Wand entlang, braune Maus, weiße Maus, graue Maus. Immer mehr Mäuse rennen die Wand hinunter. Es sind Millionen von Mäusen! Überall wuselt und wimmelt es!

Neuer Schnitt, alles auf Anfang. An der Wand hängt nun ein großer Fernseher. Wo er herkommen mag? Die erste Maus flitzt an der rechten Seite in den Fernseher hinein und auf der linken Seite wieder heraus. Alles klar. Immer mehr Mäuse folgen ihr und sausen aus diesem Fernseher heraus. Danach verwursteln auch sie sich zu einem Mäuseknäuel.

Alles ist wieder schwarz. Alles dunkel, alles weg. Kein Gedanke, keine Regung. Warum kann ich jetzt nicht einfach aufstehen? Und heimgehen? Warum kann mich nicht mal jemand aufklären? Meine Verwirrung wächst, alles in mir sträubt sich gegen die Geschehnisse.

Durch das Anknipsen der ersten beiden Lichtspots – jener der Jongleurin und jener der Schnalzerin – erhellt sich der Raum, die Wand bleibt dieses Mal schwarz. Stattdessen schaltet sich ein dritter Lichtspot rechts von mir an und ich ahne bereits, dass es auch dieses Mal nicht besser wird. Es wird nicht besser! Es wird viel schlimmer und bizarrer!

Flügelhemd

Erstmal jedoch schnaufe ich erleichtert durch. Puh! Immerhin keine Tiere mehr! Ein Mensch steht in Hüfthöhe rechts neben meinem Bett. Ob er die ganze Zeit dort stand und ich ihn aufgrund der Finsternis nur nicht gesehen habe? Er trägt ein hellblaues Poloshirt. Ist es ein Krankenpfleger? Eigentlich nicht das typische Outfit, aber für mich die naheliegendste Erklärung. Nicht erkennend, was er sonst noch anhat, analysiere ich sein Aussehen:

Es ist ein junger Mann, gutaussehend, ca. 1,80m groß, vielleicht Mitte zwanzig, schlank, durchtrainiert, schwarze Haare, dichte schwarze Augenbrauen, sehr gepflegter, kurzgeschnittener Vollbart. Ein weiteres Licht schaltet sich an, beleuchtet mein Fußende und plötzlich sehe ich eine weitere anwesende Person: Eine hübsche, junge Krankenschwester, vielleicht Ende zwanzig, zwischen 1,68m und 1,70m groß, dunkelblonde, schulterlange Haare, leicht gewellt.

Der Krankenpfleger hält mit der linken Hand das Flügelhemd, welches ich auf einmal anhabe, hoch und zeigt mit dem rechten Zeigefinger auf mein Gemächt. Dabei grinst er die Krankenschwester herausfordernd an. Sie ist übrigens die einzige Frau in meiner ganzen Geschichte, die *keine* weiße Keramikmaske trägt. Peinlich berührt errötet sie leicht. Ich hau ihm auf seine Hand, er lässt mein Flügelhemd los, es fällt herunter. Sie fährt ihn daraufhin an: „Hör auf mit dem Blödsinn! Wir müssen doch noch das andere Bett richten!" Er winkt ab: „Das andere Bett brauchen wir heute noch nicht, heute ist doch erst Dienstag, wir brauchen es erst am Donnerstag".

Die Grundfarbe des Flügelhemds ist weiß, mit einem graublauen Karo- nein, eigentlich eher Blümchen-Muster, versehen. Aber warum trage ich ein Flügelhemd? Was passiert hier? Wo bin ich? Warum bin ich hier? Warum sind fremde Menschen bei mir? Warum zeigt er ihr mein bestes Stück? Ist heute wirklich Dienstag? Gerade war doch noch Sonntag! Orientierungslos und unaufhörlich wie ein Karussell kreisen meine Gedanken.

Jetzt wird es schwarz. Stockfinstere Nacht. Ich sehe nichts. Ich höre nichts. Ich rieche nichts. Wach liege ich einfach nur da wie ein nasser Sack.

Es wird hell.

Der Pfleger befindet sich neben mir, die hübsche junge Frau steht an meinem Fußende. Er nimmt mein Flügelhemd, hält es hoch, sie sagt „Lass!", ich hau ihm auf die Finger. Was passiert hier?

Schwarz. Dunkel. Still.

Hell. Pfleger. Bett. Flügelhemd. Wie? Warum? Diese Geschichte hatten wir schon. Wenn ich noch richtig zählen kann, schon dreimal.

Schwarz. Dunkel. Nacht. Ruhig.

Hell. Pfleger. Schwester. Flügelhemd.

Kennt ihr „Und täglich grüßt das Murmeltier"?

Licht geht an. Pfleger steht neben mir. Oh nein, nicht schon wieder! Immer, immer wieder wird jene Geschichte abgespult. Manchmal einmal, woraufhin eine Zeitlang Ruhe ist, manchmal dreimal hintereinander, manchmal sogar zehnmal hintereinander. Wie oft ich sie schon gesehen und gehört habe, vermag ich nicht zu sagen.

Es wird dunkel. Schwarz. Nacht.

Varieté

Plötzlich finde ich mich in einem Varieté wieder. Oder ist es ein Theater? Ein Kino? Allerdings sind weder Stühle noch Tischchen zu erkennen. Ganz vorne liegend, schaue ich direkt auf einen geschlossenen Vorhang, einen schweren, schwarzen Samtvorhang, schön gleichmäßig gewellt. Mein übliches Fragenszenario schwirrt mir wirr durch den Kopf. Wer, was, wo bin ich? Was passiert hier? War das Krankenhaus aus Bettenmangel gezwungen, mich hierher zu verlegen? Im rötlich-dämmerigen Licht zeichnet sich neben der Schnalzerin und der Jongleurin ein Pantomime-Spieler ab. Zu guter Letzt hat die Katzenszene hier ihren Auftritt.

Das war´s schon mit dem Varieté, es ist eine ganz kurze Episode, schon verfärbt sich alles schwarz.

Flügelhemd

Licht geht an. Pfleger steht rechts von mir. Nicht schon wieder! Ich ertrage die Geschichte wirklich nicht mehr! Flehe beide an: „BITTE LASST DOCH DIESE GESCHICHTE JETZT GUT SEIN! ICH MÖCHTE SIE NICHT MEHR SEHEN! ICH KANN SIE NICHT MEHR SEHEN! ICH MAG NICHT MEHR!“

Sie ignorieren mich, würdigen mich keines Blickes. Die Geschichte kommt wieder. Und wieder. Und wieder. Mir reißt der Geduldsfaden. Wütend schreie ich beide fortwährend an: „HALTET JETZT ENDLICH EUREN MUND, ICH MÖCHTE ES NICHT MEHR HÖREN!“
Was kommt wieder? Diese Geschichte! Ich brülle sie an: „SCHNAUZE! ICH MAG NICHT MEHR! ICH KANN NICHT

MEHR! UND DIESER DIENSTAG, VON DEM IHR DIE GANZE ZEIT REDET, DER IST SCHON LANGE VORBEI, DA SIND SCHON HUNDERTE DIENSTAGE VORBEIGEGANGEN UND AUCH DER DONNERSTAG IST SCHON LANGE VORBEI!! IHR MACHT DAS DOCH NUR, DASS ICH VERRÜCKT WERDE!"

Ihr dürft nicht vergessen, dass bei allen Durchläufen der Flügelhemdgeschichte auch noch die beiden maskierten Tussis, die Jongleurin und die Schnalzerin, anwesend sind. Zwar nicht ganz so präsent, aber sie sind immer, immer, immer hier.

Das Tragen der Keramikmasken erkläre ich mir mittlerweile als eine Schutzmaßnahme für diese Frauen, um unkenntlich zu bleiben.

Es wird dunkel. Still. Schwarz. Nacht.

Licht geht an. Die gleiche Geschichte. Ich werde richtig, richtig stinkig.

Dunkel. Nacht. Ruhe. Meine Gedanken strudeln immerfort um die gleichen Fragen.

Lebe ich eigentlich noch? Träume ich? Bin ich tot? Ist das die Hölle? Bin ich im Vollrausch? Bin ich auf Drogen? Noch nie habe ich illegale Drogen genommen. Kann es sein, dass es sich so anfühlt? Irgendwie erscheint es mir sehr unwahrscheinlich, was meine innere Unsicherheit nur noch mehr verstärkt. Ich komm auf keinen grünen Zweig, keinen Ansatz. Es ist doch alles so real, so echt!

Wellness-Ruheraum

Ich erwache in einem Ruheraum einer Wellnessanlage. Es ist wunderschön hier, farblich ist alles in einem zarten Blaugrau gehalten. Nach links schauend, sichte ich andere Menschen, die neben mir liegen. Sie sind mit blauen Teppichen, also Decken, zugedeckt und scheinen zu schlafen. Wir alle ruhen auf Liegen – etwas anders als in einem Krankenhaus und als in den vergangenen Szenen – es sind keine Betten, sondern schön ergonomisch geformte Wellnessliegen. In einem Krankenhaus bin ich also definitiv nicht. Bleibt aber die Frage: *Wo bin ich dann?* Zumindest mal in einer neuen Szene.

Ein angenehm dämmriges Licht befüllt den Raum. Auch die Atmosphäre ist dementsprechend friedlich. Irgendwie schon wieder *zu* friedlich.

Weiterhin meine Umgebung musternd, versuche ich mich zu orientieren. Blicke ich geradeaus, sehe ich eine Wand, an der doch tatsächlich der Fernseher aus der Katzenszene hängt. Irre. Links davon befindet sich ein großer, torartiger Durchgang. Was dahinter ist, kann ich nicht erkennen. Noch nicht. Aber er ist nicht verschlossen, keine Tür ist vorhanden. Verhindert ein Vorhang die Sicht? Ist es dort dunkel? Dies zu erfassen bin ich außerstande, zu dämmrig ist es.

Betritt man durch diesen Durchgang den Raum, befinde ich mich hinten rechts. Blicke ich nach rechts, so sehe ich ein, zwei, drei, vier Personen schlaff liegen. Ihre Gesichter kann ich nicht erkennen, nicht mal, ob sie männlich oder weiblich sind. Sie sind mit einem Leintuch halsabwärts zugedeckt, nicht mal die Hände schauen heraus.

Ich betrachte die Person neben mir genauer. Etwas irritiert mich. Aus ihrem Leintuch führt ein rotes Kabel. Oder ist es ein Schlauch? Eine Blutkanüle? Wo es wohl endet? In der Ellenbeuge? Im Handgelenk? Im Oberarm?

Oder – *im Herz* ?

Bei der Person daneben realisiere ich jetzt ebenfalls ein solches Kabel, allerdings ein blaues.

Ach du liebe Zeit, *alle* sind an ein solches Kabel angestöpselt! Manchmal an ein rotes, manchmal an ein blaues. Irgendeine Art von Leitung. Woher sie kommt, kann ich nicht ausmachen. Was soll denn das? Ich weiß nicht, was mit ihnen ist, genauso wenig, was mit mir ist, warum ich jetzt auf einmal hier bin. Nicht mehr lange und ich soll es erfahren.

Meine eigene Verkabelung nehme ich erst viel später wahr, in diesem Moment sehe ich mich selbst überhaupt nicht, bin ausschließlich auf die anderen fixiert. Schlagartig bin ich mir aber sicher, dass diese neue Idylle eine verdammt trügerische Idylle ist!

Zwei Pfleger

Plötzlich höre ich zwei Stimmen. Zeitgleich erscheint auf meiner linken Seite ein greller Lichtkegel und ich sehe zwei Männer. Einen erkenne ich wieder, es ist der verfluchte Pfleger aus meiner Flügelhemd-Dauerschleife. Na super. Der andere sieht diesem Pfleger optisch sehr ähnlich, wobei er wesentlich älter zu sein scheint. Nun ist eher dieser ältere der Anführer, was ich gleich erfahren soll.

Von vorneherein fällt mir sein zu einem bösen Grinsen verzogener Mund auf. Kennt ihr Jack Nickolson in dem

Film Shining? So in etwa könnt ihr es euch vorstellen. Schon über 20 Jahre ist es her, dass ich den Film gesehen habe, ich befand mich noch in der Ausbildung, aber dieses Grinsen vergisst man nicht.

Auch der flackernde Blick in seinen Augen zeugt von Wahnsinn und Grausamkeit.

Diese Männer machen im Vergleich zu den Keramikmaskenfrauen hingegen den Eindruck, dass sie Angst vor gar nichts haben. Sie selbst darf man gerne erkennen, sie können sich sehr gut wehren und benötigen keinen Schutz einer Maske.

Die beiden stehen sich genau gegenüber, vielleicht zwei Meter entfernt von meinem Bett, vielleicht nur einen.

Sie unterhalten sich. Sie unterhalten sich so, dass ich es nicht hören *soll*, aber jetzt, da ich nun mal in dieser Szene bin, eben hören *muss*. Ich kann es nicht ignorieren. Je länger ich ihnen zuhöre, desto mehr wächst in mir das Gefühl, dass sie es ganz *bewusst* so machen, damit ich es mitanhören muss. Der Inhalt geht mir durch Mark und Bein.

Es sind durchweg kurze Sequenzen, Bruchstücke, Fragmente. Der Ältere zeigt nüchtern bilanzierend auf mich: „Von diesem hier haben wir bereits die Leber und eine Niere verkauft. Wenn wir die zweite Niere und die Lunge verkauft haben, dann machen wir ihn platt." Genau in dieser Ausdrucksweise redet er. Direkt neben mir. Für mich ist das sehr verwirrend. Was meint der mit Leber und Niere verkauft?

Komischerweise erwähnen sie das Herz nie, das wundert mich. Für mich wäre dies das naheliegendste Organ gewesen. Mein Vater zum Beispiel hatte eine Herztransplantation. Aber es ist immer nur von diesen vier Organen die Rede.

Als die Dunkelheit mich umhüllt, falle ich in meine Gedankenwelt. Oh Schande, jetzt hat mich die Organmafia entführt! Sie wollen meine Organe! Zudem keimt in mir langsam aber sicher der Verdacht auf, dass sie mir irgendwie K.o.-Tropfen verabreicht haben müssen! Aufgrund meiner Benommenheit, meiner Schwere. Ja, das muss es sein! Das erscheint plausibel, denn mittlerweile bin ich mir sicher, mich weder im Alkohol- noch im Drogenrausch zu befinden. Nein, K.o.-Tropfen scheinen zumindest mal die erste Antwort auf meine tausend Fragen zu sein! Und dann haben sie mich entführt. Ja, so ungefähr muss es gewesen sein!

Jetzt liege ich bei denen und kann darauf warten, ausgeschlachtet zu werden! Tja, blöd gelaufen Ralph.

Puhh.

Moment mal, je länger ich darüber nachdenke: Ich *möchte* eigentlich gar nicht ausgenommen werden wie ein toter Fisch! Ich möchte eigentlich weiterleben. Ich möchte eigentlich weiterleben *dürfen*! Gut, dann muss ich jetzt mal anfangen zu überlegen, wie ich aus dieser Nummer herauskomme.

Es wird hell. Der jüngere Pfleger steht rechts neben meinem Bett. Hebt die Decke. Die Krankenschwester sagt: „Lass das! Wir müssen das Bett richten, jenes im anderen Zimmer". Ich hau ihm auf die Finger. Ach, jetzt sind wir also wieder in dieser Szene, unglaublich. Immer wieder diese eine gleiche Geschichte und wieder und wieder und wieder.

Der Himmel verfinstert sich. Erneut kann ich in Ruhe überlegen. Klar, diese K.o.-Tropfen, die sie mir gegeben haben, verwirren natürlich meinen Kopf, so gravierend, dass ich fortwährend diese sich wiederholenden, bizarren Geschichten erlebe. Oder sie fabrizieren es ganz bewusst, um mich in den Wahnsinn zu treiben. Sie sind nah am Erfolg. Ganz nah.

Es wird hell. Inbrünstig schreie ich sie an: „HALTET EURE KLAPPE! HAUT AB! ICH WILL KEINE DER GESCHICHTEN ERNEUT HÖREN ODER SEHEN!" Aber die Szene kommt wieder und wieder. Auf das, was ich sage und auf meine Schreie zeigen die Menschen nicht einmal den Hauch einer Reaktion. Es geht weiter. Wieder und wieder und wieder. So viel Kraft kostet es, so viel Aggressionen gewinnen Einzug.

Ich versinke in Dunkelheit und Stille. Meine orientierungslosen Gedanken kreisen wie ein heftiger Strudel. Was tue ich hier überhaupt? Wo bin ich?

Als das Licht langsam angeht, treten wieder Katzen auf, laufen hinter den Bildschirm, formatieren sich zu einem riesengroßen Wollknäuel. Schnurrend schleichen sie zu mir, schmiegen sich an mich, bis ich mitten in dem Katzenknäul untergehe. *Ich weiß nicht, was hier los ist!*

Licht geht aus. Gedankenwelt.

Licht geht an. Die zwei männlichen Pfleger sind wieder hier. Abseits von mir unterhalten sie sich und führen ein ähnliches Gespräch wie das vorhergehende. Das bedeutet, sie stellen fest, welches Organ von mir schon verkauft wurde und überlegen, wie lange sie mich noch ungefähr liegen lassen werden.

Licht geht aus, es wird dunkel. Gedankenwelt.

Empfangstheke

Als meine Umgebung wie durch eine angeknipste Lampe erhellt wird, erklingt das Geräusch hektischer Schritte. Plötzlich geht ein weiteres Licht an und mir wird der Blick durch diesen großen, torartigen Durchgang gewährt. Den Kopf reckend sehe ich eine Empfangstheke. Ich sehe viele Ärzte. Ich sehe viele Krankenschwestern, grüne Kleider, weiße Kittel. Ich sehe aber ebenfalls sehr viele Mädchen, die in Reizwäsche inklusive Strapse herumlaufen. Sind das Prostituierte? Ein Arzt nimmt so ein – nennen wir es mal „leichtes Mädchen" – in den Arm, fasst ihr an die Hüfte und läuft mit ihr weg. Ein anderer Arzt drückt einer Krankenschwester einen Zettel in die Hand, während er mit ihr spricht.

Auf der Empfangstheke stehen unzählige Flaschen Wodka, aus denen öfters getrunken wird. Das ist aber ungewöhnlich für einen Wellnesstempel! Oder für ein Krankenhaus! Ebenfalls erspähe ich etliche leere Pizzaschachteln. Im Zweiminutentakt liefert der Pizzaservice eine ganze Ladung neuer Pizzen, immer sechs, sieben, acht Stück auf einmal. Es wird geraucht an jener Theke. Sämtliche Unterhaltungen finden in einer fremden Sprache statt. Ist das russisch? Ok, ich bin also tatsächlich bei der russischen Organmafia gelandet. Ehrlich gespannt hinterfrage ich, ob ich aus dieser Nummer lebend herauskomme.

Es wird dunkel. Gedankenwelt.

Das Licht geht an. Pfleger. Pflegerin. Flügelhemdgeschichte.

Das Licht geht aus, es wird dunkel, Gedankenwelt.

Es wird hell. Pfleger steht neben mir. Hebt mein Flügelhemd hoch, lässt es wieder runter. Nach dem gefühlt 15. Mal hintereinander (nur in diesem Durchgang!) schießen mir die Tränen in die Augen. Heulend wie ein kleines Kind flehe ich die beiden an, sie sollen doch bitte aufhören. Ich flehe auch die Jongleurin an (ja genau, die gibt es nämlich auch noch!) sie solle doch abhauen. Sie soll endlich mal aufs Klo oder verdammt noch mal einen Kaffee trinken! Völlig unbeirrt jongliert sie weiter. *Hört ihr mich überhaupt?*

Nachdem es wieder finstere Nacht geworden ist, kann ich meine Gedanken sortieren. Naja, eigentlich kann ich gar nichts sortieren. Ich komme einfach auf keinen grünen Zweig, nichts erscheint plausibel. Fieberhaft nach der Wahrheit lechzend, ertrage ich diese Ungewissheit kaum noch. Ich schmachte danach, einfach heimgehen zu können. Einfach heimgehen und einfach gut sein lassen.

Werbevideo

Es wird hell. Wieder wird diese Empfangstheke sichtbar, all die Ärzte, reger Betrieb. Plötzlich geht das letzte Licht an – es ist nun erstmals alles vollständig beleuchtet – und ich registriere hinter dem Empfang eine große Videoleinwand. Ist es ein Werbefilm, der dort abgespielt wird?

Auf einer grünen Wiese unterhalten sich zwei Japaner, vermutlich in einer Luxusgegend. Im Hintergrund sind mehrere imposante, weiße Villen zu erkennen. Neben dem einen Mann wedelt ein Hund aufgeregt mit dem Schwanz.

Der eine Japaner behauptet, dass er letztes Jahr so viel Geld verdient habe, dass er gar nicht mehr wisse, wohin damit. Er habe sich schon eine Luxusvilla gekauft und nochmal ein Boot und nochmal drei Autos. Vor Kurzem habe er sich sogar einen eigenen Privatjet zugelegt. Momentan wisse er *wirklich* nicht mehr, wohin mit seinem ganzen Geld.

Daraufhin antwortet der andere, dass es ihm genauso ergehe. Auch er habe sich dieses und jenes gekauft und auch er wisse nicht mehr, wohin mit seinem Geld. Sogar in zwei Rennpferde habe er noch investiert. Schließlich habe er sich diesen reinrassigen Hund erworben, der neben ihm steht. (Ich habe keine Ahnung, was für eine Art von Köter das ist.) Und weil er unverändert sehr viel Geld übrig hatte, ließ er zu guter Letzt diesem Hund - jetzt kommt's! - eine Leber von *einem deutschen Mann* einpflanzen!

Der andere zeigt sich sehr beeindruckt und staunt: „Oh großartig, so etwas ist möglich?", „Ja, es hat 250 000 Euro gekostet und ist wirklich empfehlenswert, hier kannst du dein Geld" – er nennt es wortwörtlich – „sinnvoll (!) anlegen!" Der andere hakt nach, aus welchem Grund der Hund eine Ersatzleber brauchte. Die Antwort lautete: „Ohne Grund! Die habe ich nur so, just for fun, einpflanzen lassen. Als Statussymbol, zum Angeben."

Blitzartig wird in diesem Werbefilm in großen, schönen, farbigen Buchstaben eingeblendet:

Wir machen das möglich!

Bilanz ziehen

Ich – unverändert hilflos liegend – zucke erschrocken zusammen und kann alles erst nach und nach verarbeiten. Zorn brodelt in mir hoch. Das ist jetzt nicht euer Ernst!? Wenn ihr meine Organe an irgendwelche armen Menschen verscherbelt, die dem Tode geweiht sind, dann ist es zwar nicht das Schönste, aber ok. Jedoch für irgendeinen Hund? Dass dieser *Dreckskköter* zum Angeben eine Leber *von mir* reinkriegt, kann ich nicht nachvollziehen, kann ich nicht verstehen. Setzt allem nochmal die Krone auf!

Au Mann, das tut richtig weh! Ich möchte nur noch weg. Mehr denn je. Es ekelt mich an, es widert mich an. Ich bin in einem absoluten Gefühlschaos zwischen stinkig und gelähmt. Ich kann es nicht greifen, kann nichts **be**greifen, meine Gefühle übermannen mich. Am liebsten würde ich allen eine aufs Maul geben. Stattdessen liege ich einfach nur weiter leblos da wie ein schwerer, nasser, unbeweglicher *Sack*. Zur Hilflosigkeit verdammt.

Gott sei Dank, es wird schwarz. Ich muss nichts mehr sehen. Kann in meine Gedankenwelt entfliehen.

Jedoch macht mich allmählich selbst dieser Wechsel zwischen Tag und Nacht, zwischen hell und dunkel, zwischen Gedankenwelt und Ohnmacht, völlig verrückt. Alles nicht so einfach.

Warum darf ich eigentlich nicht mal schlafen und *nichts* denken? Dass ich einfach mal nichts denke, gibt's schon so lange nicht mehr. *Zu* lange nicht! Ich kann nicht mehr, sehne mich bloß nach einkehrender Stille.

Wie entfliehe ich diesen Geschichten nur? Ich weiß es nicht, ich kann es nicht sagen. Die hoffnungslos erscheinende Situation ängstigt und erschüttert mich zutiefst.

Licht geht an. Pfleger. Flügelhemd. Ihr kennt ja die Geschichte. Drei, vier, fünf, achtmal, zehnmal, *zwölfmal*, ich höre auf zu zählen. Wut und Zorn breiten sich in mir aus. Alle schreie ich an, keiner reagiert. Es ist so ermüdend, so schwierig ist es, eine Erklärung zu finden.

Das Licht geht aus.

Das Licht geht an, es wird hell. Wieder erkenne ich die zwei männlichen Pfleger. Sie ziehen Bilanz: „Gut so, jetzt haben wir ihn bald vollends verkauft. Es kann nicht mehr lange dauern, die Nachfrage ist tierisch (!) groß und dann machen wir ihn weg!" Ich bin traurig, ich bin wütend, ich bin ängstlich.

Nun kündigt der eine Pfleger an: „Und morgen werde ich seine Frau besuchen und mal so richtig durchvögeln, damit die mal weiß, was ein *richtiger* Mann ist und nicht so ein Weichei." Das gibt's doch nicht! So hilflos bin ich diesem ganzen Scheiß ausgeliefert, so ohnmächtig, so traurig, so allein. Fühle mich schwer und erstarrt wie eine Steinskulptur.

Es wird wieder hell. Flügelhemdgeschichte, fünf, acht, zehnmal.

Stahlseil

Die beiden Pfleger stehen in dem Wellnessraum neben mir. Der eine informiert den anderen – und ich muss das jetzt wörtlich wiedergeben – „Heute war ein erfolgreicher Tag, wir haben 18 Motorradfahrer eingesammelt und nur einer ist verreckt!" Er sagt das wirklich so. Dabei sind diese Worte doch so fehl am Platz, wenn es um Menschenleben geht.

Fährt man die Steige von Stötten in Richtung Geislingen/Steige, geht die erste langgezogene Linkskurve in eine Rechtskurve über. Relativ großzügig. Ich kenne die Strecke gut, bin sie oft gefahren. Genau am Übergang der beiden Kurven haben sie ein Stahlseil gespannt, um Motorradfahrer zum Sturz zu bringen. Um ihre Organe verkaufen zu können. An jenem Tag waren es 18, ich war einer davon, das wird mir jetzt klar.

Ach, das sind also die anderen Menschen um mich herum! Deshalb diese farbigen Kabel! Der, der gestorben ist, war wertlos, die Organe unbrauchbar. Menschenmüll.

Fluchtversuch Nr. 1

Irgendwie muss ich doch entkommen können! Es *muss* einen Weg hinaus geben! Immer fester nistet sich die Idee in meinen Kopf ein. Ich spüre, dass ich verkabelt bin, tippe auf irgendwelche Sensoren, irgendwelche Überwachungsmittel. Mit angehaltenem Atem versuche ich zuerst meine Hände und – als ich gleichermaßen verwundert und glücklich feststelle, dass es tatsächlich gelingt – meine Arme zu bewegen, um sie zu meinem Werkzeug zu machen. Wieso habe ich das nicht schon längst versucht? Sehr langsam und sehr bedacht beginne ich die Sensoren zu entfernen, bin wirklich *ganz* vorsichtig.

Aber plötzlich – ich hab´s befürchtet! – schrillt der Alarm los. Fremde Pfleger kommen angerannt, drücken mich ins Bett zurück und bringen sämtliche Sensoren sorgfältig wieder an meinem Körper an.

Hm, mein erster Fluchtversuch war wohl nicht sonderlich erfolgreich. Aber man darf ja dazulernen im Leben. Ich muss einfach *noch* vorsichtiger sein.

Kennt ihr dieses Spiel mit dem gebogenen Draht und der Draht-Öse, welche man durchfädeln muss, ohne dass die zwei Drähte sich berühren? Genauso ist das bei mir gerade, *nichts* darf ich berühren.

Plötzlich legt sich bei mir innerlich ein Schalter um. Ich merke, dass ich doch nicht in einem Wellnessschuppen bin, dass ich doch nicht unverletzt bin, sondern irgendetwas an der Backe habe. Vorbei ist es jetzt nämlich mit der Wellnessliege. Ab jenem Zeitpunkt liege ich wieder in einem Krankenhausbett, an dem seitlich ein Gitter befestigt ist, dreisprossig in der Höhe, von der Schulter bis zu den Knien. Oben der Abschluss ist weich gebogen.

Es wird Nacht. Es wird dunkel.

Es wird hell. Flügelhemdgeschichte. Nacht. Dunkel.

Fluchtversuch Nr. 2

Es wird hell und ich begehe einen folgenschweren Fehler: Ich beschließe, einen zweiten Fluchtversuch zu wagen. Denn so wie trockener Sand durch Finger rinnt, fühle ich die mir verbleibende Zeit unaufhaltsam verstreichen. Ich muss hier raus – und zwar zügig!

Überaus vorsichtig entferne ich den ersten Sensor und warte – luftanhaltend und mit angespannten Nerven – ab, was passiert. Alles bleibt ruhig. So werde ich mutiger und entferne den zweiten Sensor. Den dritten. Dieses Mal scheint alles gut zu gehen. In dem Augenblick, als ich den letzten (!) der Sensoren entferne...WAS IST JETZT? Ich bekomm keine Luft mehr! Mir schnürt es die Kehle zu, ich bin plötzlich außerstande zu atmen! Wie ein Fisch an Land schnappe ich nach Luft. HILFE, ICH ERSTICKE!! Hoffentlich kommt schnell jemand! Bitte! Bitte!

Tatsächlich erscheint der ältere Pfleger. Erst *sieht* er mich an, dann *grinst* er mich an. In Hüfthöhe setzt er sich auf mein Bett, grinst mich an, ganz ruhig. Panisch nach Luft schnappend, schreie ich wie noch nie in meinem Leben: „HILF MIR, BITTE!“. Ich flehe ihn an, ich bettele ihn an! Wieder warte ich vergeblich auf eine Reaktion.

Ich ächze: „ICH MACH´S NIE WIEDER!“. Weiter grinsend deklamiert er völlig entspannt und ruhig: „He Winkler, wenn man erstickt, ist es ein richtiger *scheiß* Tod! Und wenn du das nochmal machst, dann lass ich dich verrecken!“ Mit letzter Kraft schreie ich: „NEIN, DU LÜGST, DU LÄSST MICH HIER NICHT VERRECKEN, WEIL ICH NÄMLICH DEIN KAPITAL BIN! WENN DU MICH VERRECKEN LÄSST, DANN IST DIE KOHLE NÄMLICH WEG UND DIE MÖCHTEST DU HABEN!“

Gelassen, unberührt und in aller Seelenruhe bringt er die Sensoren wieder an und – ich weiß nicht, was er sonst noch in die Wege leitet – plötzlich kriege ich wieder Luft. Keuchend und erschöpft falle ich in mein Bett zurück. Was bin ich erleichtert! Das war echt ´ne knappe Kiste, fast wäre ich elendig erstickt. Nur langsam beruhigt sich mein unnatürlich beschleunigter Herzschlag.

Was zum Teufel hatte ich mir nur dabei gedacht? Nummer zwei ist damit ebenfalls gründlich in die Hecken gegangen.

Zum „Dank" binden sie mich mit Lederriemen an das Gitter. Flehend zeige ich darauf, möchte, dass sie die wieder entfernen! Hoch und heilig verspreche ich, keinen weiteren Fluchtversuch zu unternehmen. Sie aber lassen mich unbeachtet, übersehen mich, überhören mich. Mein persönliches Waterloo.

Zudem schleicht sich das Gefühl ein, dass sie mir etwas Starkes gespritzt haben, ich bin *noch* schwerer, als ich eh schon war. Habe Angst, bin erledigt, bin hoffnungslos. Ja, ich habe die Hoffnung nun aufgegeben aus diesem Alptraum jemals wieder zu erwachen.

Viel später werde ich erfahren, was es mit dieser akuten Atemnot und mit dem Gefesseltwerden auf sich hat.

Es wird dunkel. Es wird hell.

Eierprüfung

Nun kommen die zwei Pfleger zielstrebig auf mich zu und greifen mir unter mein Flügelhemd. Der Ältere beginnt – meine Hoden zu kneten.

HE! MOMENT MAL! DAS SIND MEINE EIER! LASS DIE GEFÄLLIGST SOFORT LOS!

Gefühlt bearbeitet er zwei Stunden lang meine Eier, spielt mit ihnen, prüft mit scheinbar geübter Hand ihre Qualität.

Denn ständig wiederholt er, völlig sachlich: „Das linke Ei ist sehr gut, qualitativ wirklich hochwertig. Das rechte, naja, das geht so." Für mich ist das sehr verwirrend, sehr erniedrigend, sehr beschämend. Macht mir Angst. Was soll denn das mit dem Flügelhemd ständig? Und was habt ihr alle an meinen Genitalien zu suchen?

Sich dem anderen zuwendend, verkündet er kalt: „Komm, jetzt scheiden wir ihm die Eier weg, dann ist er vollends kein Mann mehr, dieses Weichei!" Der andere guckt nur teilnahmslos zu. Um die Eier geht es ihnen nicht, das ist mir klar, nur um die seelische Demütigung.

Starr wie ein Reh im Scheinwerferlicht erkenne ich durchaus die sich mir rasant nähernde Gefahr. Aber noch ehe ich reagieren oder das Gehörte verarbeiten kann, bin ich gefangen in meiner Gedankenwelt, Dunkelheit umhüllt mich.

Eier- OP

Als ich wieder zu mir komme, befinde ich mich wie eine Marionette, deren Fäden man durchgeschnitten hat, wieder auf einer schön geformten Liege. Allerdings an einem anderen Platz, in einem anderen Raum. Um Himmels Willen, ist das etwa ein OP-Raum?

Jetzt bin ich geliefert! In Hüfthöhe ist ein grünes Tuch gespannt, sodass es mir unmöglich ist, meine Beine zu sehen. Bei vollem Bewusstsein muss ich tatenlos daliegen, während die Pfleger anfangen, irgendwas in meiner Hüft- oder Beingegend zu schneiden, zu operieren. Leise höre ich sie murmeln: „Da ein Schnitt und hier ein Schnitt und jetzt dort nähen und an dieser Stelle eine Arterie abklemmen." Mit Entsetzen höre ich Geräusche, wie wenn Fleisch geschnitten wird, mit Entsetzen höre ich Geräusche, wie wenn Knochen gesägt werden. Was für eine unheimliche Lautkulisse! Ich kann nichts sehen, nichts spüren, nichts riechen.

Ich schlafe ein. Ich wache auf. Resignierend realisiere ich, dass sie also meine Eier weggeschnitten haben. Schließlich hatten sie mich vorgewarnt. Es ist die Bestrafung für meine zwei Fluchtversuche. Mist.

Putzfrau

Was folgt, ist eine weitere skurrile Situation. Während ich hilflos in dieser Art OP-Raum liege, höre ich, wie sich mir Schritte nähern. Eine süße Putzfrau – ziemlich klein, ca. 1,50m, etwas fester, wie wir Schwaben sagen würden, mit einem pummeligen, weichen, breiten Gesicht – tritt an mich heran. Vielleicht Mitte fünfzig, nicht älter. Vom Aussehen her erinnert sie an eine Spanierin oder Mexikanerin. Und wisst ihr, was sie macht? Sie schenkt mir ein von Herzen kommendes Lächeln. Schon lange sah ich nichts so Schönes! Augenblicklich beginne ich, mich zu entspannen.

Mittlerweile hätte ich es besser wissen müssen. An diesem grünen Tuch vorbeilaufend, schaut sie auf meinen Unterkörper und ihre gesamte Miene verändert sich schlagartig. Sie fängt an zu schreien, als ob sie den Teufel leibhaftig gesehen hätte. Sie schreit und schreit und schreit. Wieso schreit sie denn so? Bloß, weil die mir die Eier abgeschnitten haben?

Oder... in mir wächst ein grausamer Gedanke... haben die etwa noch mehr gemacht bei mir? Was, um Himmels Willen? Haben die eine Hand hin genäht? Oder gar einen Kopf? Ich weiß es nicht. Ich weiß nicht, warum sie so schreit und vor allem nicht, warum sie so lange schreit. Sie braucht wirklich ewig, um sich zu beruhigen.

Irgendwann nimmt sie wie mechanisch die Arbeit auf, putzt mit ausholenden Bewegungen um meinen OP-Tisch herum, doch ihre Freundlichkeit ist wie weggewischt. Dann nimmt sie etwas, ich höre, wie sie dieses Etwas in eine Mülltüte verpackt und in einen Blecheimer wirft. Oha, was für ein Krach! Ein richtig lautes, dumpfes Poltern. Was war *das* jetzt bitte?

Klar, ich weiß schon, dass ich Eier aus Stahl habe, aber das war definitiv zu laut! Irgendetwas anderes muss es gewesen sein! Haben sie mir etwa meine Beine amputiert? Damit ich nicht mehr flüchten kann? Oh mein Gott, ja, das muss es sein! Sie haben mir meine Beine amputiert! Das ist ja jetzt mal *richtig* blöde! Aber ja, da bist du schon selbst schuld, Ralph! Du mit deinen dämlichen Fluchtversuchen! Hast du wirklich *raffiniert* hinbekommen! Super Ralph, du bist ein ganz toller Typ! Kannst stolz auf dich sein!

Zurück im Wellnessraum

Nachdem sie mich zurück in diesen ominösen Wellnessraum geschoben haben, liege ich schwer da und habe meines Wissens nach keine Eier mehr. Habe meines Wissens nach keine Beine mehr, keine Unterschenkel. Bin mir relativ sicher, dass sie diese kurz unterhalb des Knies amputiert haben.

Festgekettet bin ich zwar nicht länger, bin aber weiterhin schwer wie ein Sack Zement. Zudem fühle ich mich unverändert vollgepumpt mit Tranquilizer. Naja, das war´s dann wohl. An Flucht jedenfalls ist nicht mehr zu denken.

Eine gewisse Todessehnsucht gewinnt Oberhand. Ja, so langsam möchte ich nur noch sterben. Ich möchte von dieser Welt gehen, weiß aber, dass ich mir körperlich nichts antun kann. Nein, nicht mal das kann ich hier ausrichten.

Krampfhaft, wirklich krampfhaft versuche ich, wenigstens *mental* zu gehen. Das bedeutet, ich möchte rein geistig raus aus dem Kopf, das Licht ausknipsen, die Tür zu machen. Am liebsten dorthin, wo ich anfangs war.

Dorthin, wo es so schön war, so warm war, so getragen. Ich bemühe mich sehr, gebe alles, aber es gelingt mir nicht. Ich krieg es einfach nicht hin, diesen verfluchten Ort zu verlassen!

Ich möchte kein Ersatzteillager werden! Es tut so unendlich weh! Mitten aus dem Leben haben sie mich gerissen! Ich bin am Boden zerstört. Es bringt mich an den Rand meiner Kräfte. Ich bin so müde. Wirklich lebensmüde. Mittlerweile fühlt es sich an, als würde ich schon seit fünf Monaten hier liegen.

Ich schmachte danach, meiner Familie noch eine Nachricht zu hinterlassen, jedoch muss ich erkennen, dass dies im Falle eines Suizides unmöglich wäre. Denn dann käme ich gar nicht in den Himmel, sondern in die Hölle.

Der Tiefpunkt meines bisherigen Lebens.

Gedanken und Zeit verschmelzen zu einer nie enden wollenden Schleife. Schließlich gebe ich all meine sinnlosen Bemühungen auf und beginne zu resignieren.

Aufwachen

Es wird hell und nach dieser schier endlos scheinenden Zeit ist nun alles ganz und gar anders als bisher. Hm. Blinzelnd öffne ich meine Augen. Zum einen ist die Sichtweise nun anders. Wie ein kleiner Junge vor einem Bauzaun schaue ich durch einen Schlitz. Was erwartet mich auf der anderen Seite? Die Realität? Zum anderen habe ich nun Schmerzen, wie Feuer brennt es in meinen Augen.

Zuerst ist alles nur hell. Ist das jetzt das Licht am Ende des Tunnels? Kaum mehr als Silhouetten kann ich erkennen. Nach einiger Zeit nehme ich eine Krankenschwester wahr. Auch das ist anders als sonst: Ihr Gesicht wird nicht länger von einer weißen Maske verhüllt. Verschwommen erkenne ich eine junge Frau mit schwarzen, kleinen Locken und einer ebenfalls schwarzen Hornbrille.

Jetzt realisiere ich, dass sie mir mit zwei Fingern mein linkes Auge aufhält. Aha, deshalb sehe ich also wie durch einen Schlitz! Als Nächstes versucht sie mir das rechte Auge ebenfalls aufzuhalten, aber dieses will sich nicht öffnen lassen.

Plötzlich richtet sich mein Blick auf eine weibliche Person, die sich mir nähert: Mitte 40, 1,70m groß, schlank, braungelockte Haare, mit zarten Sommersprossen und rehbraunen Augen. Ich erkenne sie. Es ist meine Frau Carmen, wie sie mit tränenunterlaufenen Augen nun direkt vor mir steht. Selbst meine beiden Kinder Emely und Nick sind anwesend, allerdings nehme ich nur meine Tochter bewusst wahr, sie spricht gleich viel mit mir.

Träume ich? Ist diese Szene jetzt real? Ich möchte etwas sagen, bewege meinen Mund, aber kein Laut ertönt.

Carmen nimmt meine Hand: „Alles wird gut! Aber du kannst jetzt nicht sprechen." So viele Fragen stelle ich, keine einzige kommt an. Ist es die Realität? Ist es ein Traum? Bin ich tot? Lebe ich noch? Statt Klarheit stellen sich mir nur immer noch mehr Fragen. Ich verlaufe mich in einem Labyrinth aus Traum, Halluzination, Wahrheit und Lüge.

Gleichgültig stelle ich fest, dass ich – wie soll es anders sein – in ein Flügelhemd gehüllt bin.

Eine große Müdigkeit übermannt mich und ich sacke in mich zusammen. Es folgt ein Wechsel zwischen Weggetretensein und Wachsein. Tausend Fragen wirbeln in meinem Kopf herum.

Bin ich *ich* ? Oder habe ich mich verloren? Will meine Frau mich nur ein letztes Mal sehen? Sich verabschieden?

Zweifelnd hinterfrage ich langsam, *wer ich bin.* Das ist schwer nachvollziehbar, aber ich habe den Verdacht, dass ich jemand anderes bin. Dass sie diesen Körper lediglich meiner Familie präsentieren, damit diese endlich Ruhe gibt. Die Pfleger befürchteten, dass ich meiner Familie irgendein Zeichen geben könnte, dass sie mich rausholen sollen und dieses Risiko wollten sie unter keinen Umständen eingehen. Deshalb wurde mein wahres Ich an einem anderen Platz versteckt. Ich bin der Überzeugung, ich selbst sei wo anders, nicht tot, aber versteckt an einem anderen Ort.

Wer bin ich?

Aus diesen Gedanken holt mich die Krankenschwester nun zurück und erklärt mir geduldig, dass ich aufgrund meines Luftröhrenschnitts nicht sprechen könne. Deshalb bringt sie mir flugs ein Klemmbrett als Schreibunterlage und fordert mich freundlich auf, meine Fragen aufzuschreiben. Womit soll ich anfangen? Es waren der Fragen viele. Ganz profan entscheide ich mich für: Was ist passiert? Verständnisvoll nickend, als hätte sie diese Frage erwartet, erklärt Carmen: „Du hattest einen Unfall und bist im Krankenhaus." Wie? Ich kann das gar nicht glauben! Wieso weiß ich davon nichts?

Schleunigst muss ich herausfinden, ob ich wirklich *ich* bin. Meine nächste Frage lautet demnach: Was steht an meinen Tattoos, an der Innenseite meiner Oberarme? Ab jetzt übernimmt meine Tochter das Reden: „Da steht mein Name, Emely, und Nicks Name." Weiter frage ich: „Ok, und was noch?", „Unsere beiden Geburtsdaten." Gut, das stimmt so weit. Aber ist dies der Beweis? Vielleicht hat sie es nur gesehen, vielleicht sind es nur Schauspieler? Ich kann sie ja gar nicht richtig erkennen, sehe alles verschwommen. Vielleicht, vielleicht, vielleicht.

So frage ich weiter, was auf meinem Rücken tätowiert ist. (Zum Glück habe ich so viele Tattoos.) Wieder ist es meine Tochter, welche sofort reagiert: „Einen Wolf und das Wort Carmen." Richtig! Und das konnte sie nicht schnell nachsehen, liege ich ja auf dem Rücken. Meine Zweifel bleiben trotzdem bestehen, daher muss ich noch eines wissen: „Und was noch?" Alle drei überlegen, rätseln, wundern sich. Verstehen nicht, worauf ich hinauswill und warum gerade diese Fragen mir wichtig erscheinen. Schließlich fällt Emely die Antwort ein: „Euer Hochzeitsdatum!"

Erstmal erleichtert über diese richtige Aussage, sinke ich schwer in einen unruhigen Schlaf, bin wie benommen, wie in Trance, belämmert, weg.

Eierkontrolle

Als ich einige Zeit später erwache, sehe ich erneut verschwommen durch diesen Lichtschlitz. Eine weitere ungeklärte Frage quält mich, daher muss ich meine Frau bitten, unsere Kinder hinauszuschicken. Sie fragt: „Warum?", flehend schreibe ich: „Schick sie doch bitte raus!" Als die Kinder endlich vor der Tür sind, bitte ich sie, die Existenz und den Zustand meiner Kronjuwelen zu überprüfen. Verständnislos lachend, verweist sie übertrieben vorsichtig auf meinen aktuellen Gesundheitszustand und hinterfragt, ob die Existenz meiner Eier jetzt wirklich das Wichtigste für mich sei.

Warum ich nicht meine Beine überprüfen lasse? Ich bin mir ja nicht *vollkommen* sicher, ob meine Beine entfernt wurden, das wäre für mich weder eine Bestätigung noch ein Dementi der Geschichte. Die Entfernung meiner Eier jedoch ist für mich gewiss, das ist eindeutig.

Da ich nicht sprechen kann, ist es natürlich schwierig, ihr meine gesamten Erlebnisse und Beweggründe weiterzugeben, deshalb versuche ich ihr einfach die Dringlichkeit klarzumachen. Ich *muss* herausfinden, in welcher Welt ich gerade stecke und vor allem gesteckt habe. Nach einer kürzeren „Diskussion" hebt sie endlich mein Flügelhemd an und schaut nach.

Ein kurzer Blick genügt. Nun schaut sie mir in die Augen und teilt mir kopfnickend mit, dass alles in Ordnung und vorhanden sei. Eine große Welle der Erleichterung erfasst meinen ganzen Körper, vom kleinen Zeh bis zu den Haarwurzeln! Die mich seit Tagen zermürbende Anspannung, Unsicherheit, ja *Unwissenheit* fällt von mir ab wie die alte und zu eng gewordene Haut einer Schlange. Ich fühle mich wie neugeboren.

Für die Frauen unter euch: Für jeden Mann sind die Eier das Herzstück des ganzen Kerls! Zudem viel elementarer: Endlich gewinne ich die lang ersehnte Gewissheit, dass das Erlebte nicht die Wahrheit ist.

Es war nur ein böser Traum!

Daher bildet diese Szene einen für mich so unglaublich wichtigen Wendepunkt der Erlösung.

Jedoch gab es danach immer noch vereinzelt Momente, in denen ich mir nicht mal sicher war, ob diese Szene die Wirklichkeit war, oder ob ich mir das auch wieder nur zusammengepuzzelt hatte. Noch einige Zeit lang war meine Wahrnehmung schleierhaft verschwommen zwischen Traum und Wirklichkeit.

Motorradunfall?

Ich schreibe und frage weiter, was konkret passiert und was mit mir los sei. Carmen klärt mich mal so weit darüber auf, dass ich einen schweren Motorradunfall hatte und in Ulm im Bundeswehrkrankenhaus liege. Ich bin außerstande, diese Informationen einzuordnen. So viele weitere Fragen liegen mir auf der Zunge.

Die folgenden Tage vergehen in einem zugedröhnten Zustand, wie high. Kaum unterscheiden kann ich Realität und Traum.

Jedes Mal, wenn meine Familie kommt, versuche ich an weitere Einzelheiten zu gelangen, sie rücken jedoch nur sporadisch mit Informationen heraus. Im Nachhinein wurde mir klar, dass die Ärzte meine Familie gebeten haben, mir nicht alles auf einmal zu erzählen, um mich vorerst zu schonen.

Tier oder Tür?

Da ich aber nicht aufhöre nachzufragen, *müssen* sie mir ja irgendetwas erzählen.

Eines Tages äußert sich Emely, dass die Polizei momentan überprüfe, ob während der Fahrt ein Tier in mich hineingeflogen oder -gelaufen sei. Ob das die Unfallursache sei.

Ich verstehe ihre Worte völlig falsch, verstehe, dass sie prüfen, ob eine *Tür* in mich hineingeflogen sei und überlege, wie so etwas passieren kann. Das kriege ich nicht auf die Reihe. Verwundert stelle ich mir vor, wie einer am Straßenrand steht und eine Zimmertür in Richtung Straße wirft.

Merkwürdig ist: Als in jenem Moment das Wort „Motorradunfall" fällt, ist es das erste und einzige Mal überhaupt, dass ich die tatsächliche Unfallstelle mit meinem geistigen Auge sehe! Eine einzige Bildsequenz, welche sich auf ewig in mein Gedächtnis eingeprägt hat.

Schon vermischt sich das Bild wieder mit meiner Fantasie, unvermittelt steht jemand am Straßenrand und wirft eine Tür auf die Straße. Ich kann mich nur wundern: „Das ist doch Blödsinn, das macht doch kein Mensch!"

Weiter überlege ich: „Na gut, unter Umständen ist jemand mit dem Anhänger gefahren, von dem eine Tür heruntergefallen ist." Doch hier verlaufen meine Gedanken ins dunkle Nichts. Wieder falle ich ins Delirium. Auch später finde ich vorerst nicht die Kraft, näher nachzuhaken.

Erst Wochen später, als ich schon lange daheim bin, klärt sich dieses Missverständnis auf. Irgendwann frage ich Emely: „Wieso hast du mir damals eigentlich erzählt, dass die Polizei prüft, ob *eine Tür* hineingeflogen sei?"

Lachend verdreht sie die Augen und korrigiert: „Papa, ich sagte *Tier* und nicht *Tür* !" Das ergab schon mehr Sinn.

Im Krankenhaus macht sich die Realität immer mehr breit, vermehrt verspüre ich teuflische Schmerzen. Bisher war es eine rein *psychische* Horrorgeschichte, jetzt addiert sich eine *körperliche* Komponente hinzu.

Ich kann meinen Mund nicht öffnen, ich kann nicht sprechen. Meine Augenlider sind so stark angeschwollen, dass ich kaum sehen kann. Mein linkes Auge muss ich von Hand aufhalten, damit ich überhaupt was erkennen kann. Mein rechtes Auge kriege ich selbst mit der Finger-Methode nicht auf, nicht einmal einen Spalt weit.

Zwei Motorradfahrer?

Ständig versuche ich die Krankenschwestern, die Pfleger, die Ärzte, meine Familie zu löchern. Das letzte, an was ich mich erinnere, ist die Szene, wie der Freund meiner Tochter mit seinem schwarzen Kapuzenshirt die Wohnung betritt und wir uns kurz unterhalten. Ich weiß nicht mal, dass ich überhaupt Motorrad gefahren bin und jetzt soll ich plötzlich dabei verunglückt sein? Kann es wahr sein? Es will sich mir einfach nicht erschließen.

Nun kommt der denkwürdige Tag, an dem sich ein Arzt in meiner Gegenwart verplappert. Bei einer Visite meint ein Arzt zum anderen mit dem Kinn auf mich zeigend: „Das war der Unfall mit den zwei Motorradfahrern." Ich werde hellhörig, bin auf einmal sehr aufgebracht, aufgewühlt, aufgeregt und schreibe: „Wie, zwei Motorradfahrer??" Der Arzt versucht mich zu beruhigen, dementiert, es sei wohl eine Verwechslung gewesen und lässt mich zur Salzsäule erstarrt zurück. Ich rieche die Lösung, stehe kurz davor, noch komme ich nicht ran. So vor den Kopf gestoßen, drohe ich in Unwissenheit zu ertrinken.

Als meine Frau mittags kommt, hake ich bei ihr nach. Was hat es mit den *zwei* Motorradfahrern auf sich?

Was ist mit dem anderen?

Seufzend setzt sie sich und schaut mich an.

Endlich wird jemand mit mir sprechen. Wie einen Schlüssel habe ich die entscheidende Frage gefunden. Endlich bekomme ich Antworten und die Tür zur Wahrheit öffnet sich. Doch womit ich nicht gerechnet habe: Was mich hinter der Tür erwartet, ist keine Erlösung. Der Alptraum geht weiter, nur dieses Mal gibt es kein Erwachen.

Teil 2

Wie ein schützender Engel

(Liedtitel der Band Frei.Wild)

Sofa daheim

Das ist meine Geschichte. Es ist Sonntag, 21. Juni 2015. Ich werde dieses Datum nie vergessen.

Die Uhr zeigt elf, ich liege noch gemütlich auf dem Sofa. Der Tag davor war recht anstrengend, da muss man sich am Sonntag schon mal erholen. Paar Videoclips gucken. Für abends bin ich mit meinem guten Freund Tommy zum Feuerwehrfest verabredet. Es klingelt und Samuel, der Freund meiner 16-jährigen Tochter, kommt zu Besuch. Meine Frau öffnet die Tür. Wir unterhalten uns kurz darüber, wie es in Amsterdam war und er geht weiter in Emelys Zimmer.

Rekonstruktionen

Was in den nächsten Stunden in der Realität ganz genau ablief, kann ich bis heute nicht mit Gewissheit sagen. Ab dann weiß ich nämlich erstmal gar nichts mehr. Ab dann wird es dunkel in meiner Erinnerung. Alles weg. Das Hirn macht das ziemlich raffiniert, um nicht mit dem Geschehenen umgehen zu müssen: Es vergisst einfach.

Wie es für mich *gefühlt* weiterging, wisst ihr ja bereits. Jetzt möchte ich versuchen, die Ereignisse in der anderen Welt - in der echten Welt - anhand aller mir zur Verfügung stehenden Quellen zu rekonstruieren.

Zurückgreifen kann ich auf Erzählungen, sehr viele Berichte - Zeitungsberichte, Polizeiberichte, Unfallberichte - Gutachten, Zeugenaussagen und auf meine eigenen Handynachrichten und -bilder.

Von der Samuel-Szene bis zu meinem Unfall fehlen mir sechs Stunden. Es fühlt sich an, als hätte jemand mehrere Seiten aus einem Buch herausgerissen und verbrannt.

Unwiederbringlich verloren. Um halb drei telefonierte ich mit meinem Kumpel Tommy wegen Einzelheiten des Feuerwehrfestes und wir verabredeten uns für 19:00 Uhr.

Aber davor strebte ich noch eine Runde Motorradfahren an. Das machte ich sehr gerne, allein, zusammen mit Freunden und oft saß auch meine Frau hinten auf. Unsere Kinder waren zu diesem Zeitpunkt 14 und 16 Jahre alt. Die waren froh, wenn ihre Eltern am Sonntag ein paar Stunden fort waren. Gegen 15:00 Uhr fragte ich meine Frau, ob Interesse an einer gemeinsamen Tour bestünde. Doch an jenem Tag gab sie mir einen Korb, leichte Regenschauer waren vorhergesagt worden.

Ob das jetzt mein Pech oder ihr Glück war, bleibt dahingestellt. Vielleicht wäre ich nicht so schnell gewesen, wenn sie mitgefahren wäre, vielleicht hätte es aber auch uns beide erwischt. Aber solche Überlegungen bringen mich nicht weiter.

Bewölkt war der Himmel zwar, ein durchwachsener Sommertag, aber es war schön warm und ich sagte mir, optimistisch wie ich bin: „Das Wetter hält!“, und so fuhr ich eben allein los. Auf Kumpels hatte ich wohl keine Lust. Das Wetter hat zwar tatsächlich gehalten, etwas ganz anderes sollte zum Problem werden.

Start der letzten Tour

Es war gegen 15:30 Uhr, als ich mit meinem Moped startete. Nichtsahnend, dass es das letzte Mal sein sollte.

Meine Route führte definitiv nach Heidenheim, dort machte ich nämlich einige Fotos. Bei der Voith Arena war Tag der offenen Tür, vielleicht wollte ich dort vorbeischauen, vielleicht wollte ich einfach mal wieder meine alte Strecke fahren. Früher habe ich in Heidenheim gearbeitet.

Möglicherweise fuhr ich über Geislingen zurück, auf jeden Fall bin ich gegen 18:15 Uhr durch Schwäbisch Gmünd und weiter Richtung Mutlangen hoch. Mein täglicher Heimweg, ich kenne ihn gut.

Am Ortsausgang Schwäbisch Gmünd hielt ich an der Bushaltestelle „Tabula". Soviel ich weiß, heißt die nicht offiziell so, aber Gmünder wissen sofort, wo ich meine, denn das Tabula ist Gmünds einziger und ältester Stripschuppen. Laut Anwalt sah mich dort einer der Zeugen mit offenem Klapphelm pausieren.

Hier schrieb ich eine WhatsApp an meinen Neffen. Es war genau um 18:25 Uhr, die Uhrzeit, die es bei mir die folgenden zwei Wochen bei „zuletzt online" anzeigen sollte. Da dieser Zeitpunkt identisch ist mit dem Unfallzeitpunkt, welcher im Zeitungsbericht des nächsten Tages abgedruckt wurde, entstand eines der ersten und gleichzeitig wildesten Gerüchte zur Unfallursache. Einige meinten nämlich schlussfolgern zu müssen, dass ich *während der Fahrt* diese letzte WhatsApp geschrieben haben soll. Hier frage ich mich: Wie soll man denn als Rechtshänder während der Fahrt schreiben? Für all diejenigen, die es nicht wissen: Beim Motorrad ist am rechten Lenker der Gasgriff! Geht definitiv nicht!

Zudem ist es Fakt, dass ein Polizist wenige Minuten nach dem Unfall mein Handy *aus meiner Tasche* genommen hat, als meine Frau mich zu erreichen versuchte. Niemals wäre es mir so schnell gelungen, es wieder zurückzustecken, sondern es wäre dann auch brutal durch die Gegend geflogen – so wie ich in wenigen Sekunden. Mein Handy überstand den Unfall übrigens völlig unbeschadet.

Nach dem Schreiben der Nachricht fuhr ich also weiter Richtung Heimat. Nach Hause war es nicht mehr weit, nur noch wenige Kilometer. Noch deutete nichts darauf hin, dass die Fahrt in einem Kilometer ein abruptes Ende nehmen sollte.

Zur gleichen Zeit, nicht weit von mir entfernt, fasste ein 59-jähriger Herr vermutlich einen ganz ähnlichen Entschluss: Jetzt ab nach Hause! Doch dort sollten wir beide an diesem Tag nicht mehr ankommen.

Rückblick

Von jeher bin ich begeisterter Motorenfan, hatte schon immer ein Motorrad und bin schon immer Motorrad gefahren. Wie es im richtigen Leben so ist, mal mehr, mal weniger. Als junger Kerl ziemlich viel. Als frisch gebackener Familienvater weniger und dann wieder einiges mehr. Pro Jahr fuhr ich zwischen 12- und 15-Tausend Kilometer, Fahrten in den Urlaub nicht miteingerechnet. Mal ins Geschäft, mal kleinere Touren am Wochenende oder nach Feierabend. Ich würde schon sagen, dass ich ein sportlicher Fahrer war, aber ich war definitiv nie ein Raser und vor allem nie ein *hirnloser* Raser.

Motorradfahren war meine große Leidenschaft. Niemals rechnete ich damit, dass sie mir eines Tages so zum Verhängnis werden würde.

Tatsächlich war ich stets ein vorausschauender, ein sehr umsichtiger und vorsichtiger Motorradfahrer, besaß ein sehr gutes Gespür für Situationen. Wenn zum Beispiel ein Traktor hinter einer Kurve fuhr, habe ich das vorher schon gerochen, gespürt. Viele meiner Freunde sagten immer recht beeindruckt: „Mensch Ralph, du kannst ja *um* eine Kurve schauen."

Im zarten Alter von 19 Jahren hatte ich einen leichten Unfall, bei dem ich einfach nicht mehr um die Kurve kam. Ein Fahrfehler, verursacht durch fehlende Konzentration. Auf der Wiese landend, war Ralphi dreckig und das Motorrad dreckig, das war´s. Ab diesem Tag war ich unfallfrei unterwegs.

Seit einigen Jahren bin ich begeisterter BMW-Fahrer. Vier Jahre lange hatte ich eine K 1200er und im Jahr 2012 leistete ich mir meine allererste nagelneue Maschine, eine BMW K1300R. Sie gefiel mir schon lange, vor allem die wunderschöne Bauform, ein sogenanntes Naked Bike. Super Straßenlage, super Handling. Es war ein Gefühl, als ob einer vor einem Schienen gelegt hatte. Meine Kumpels lachten immer, weil ich sie „Baby" nannte. Ja, sie war mein Baby, meine Geliebte. An ihrem Tank hatte sie eine glänzende Stelle, an der ich sie jedes Mal streichelte. Nur deshalb glänzte sie dort, ursprünglich war sie nämlich schwarz mattiert.

Ja, ich fuhr unheimlich gerne Motorrad.

Gerüchteküche

Die Straße verläuft nun ein Stück weit s-kurvig, rein rechtlich sind hier 60 km/h erlaubt. Wie schnell ich war, kann keiner genau sagen. Der absolute Wahnsinn ist die hochkochende Gerüchteküche, ich sei bis zu 250 km/h – so manche behaupten sogar mit 300 km/h (!) – aus dieser S-Kurve herausgefahren. Auch soll ich sie viel zu eng genommen haben.

Ein weiteres Gerücht besagt, dass ein Autofahrer seine Scheibe runtergelassen und noch geschrienen haben soll: „Pass auf, weiter vorne wird's gefährlich!" Die letzten Gerüchte setzen allem die Krone auf: Mir kam zu Ohren, ich sei auf dem Hinterrad und sogar ohne Helm gefahren. Manche gestehen mir immerhin einen Jethelm zu.

Wie solche haarsträubenden Gerüchte entstehen, ist und bleibt mir ein großes Rätsel. Meinen Helm hatte ich definitiv auf, sonst wäre ich nicht mehr am Leben. Ja, glücklicherweise geben die Polizeiberichte, Gutachten und Zeugenaussagen generell ein anderes Bild von diesem Unfall wieder.

Ab dem Tabula ist die leicht ansteigende Strecke zweispurig. Auf der rechten Spur fuhren mehrere Autos und ein Motorrad - einige Fahrer sagten später als Zeugen aus – so wechselte ich auf die linke Spur, auf die Überholspur.

Das allerdings musste ebenfalls erst nachträglich bewiesen werden, auch hier wurde mir vorschnell unterstellt:

„42-jähriger Motorradfahrer war mit hoher Geschwindigkeit auf die Gegenfahrbahn gekommen." (22. Juni 2015, Rems-Zeitung) Doch schon am nächsten Tag war klar,

dass ich *„lediglich auf der linken der zwei Spuren Richtung Mutlangen"* fuhr. (Gmünder Anzeiger, 23. Juni 2015). Eine andere Zeitung berichtete ausführlicher: *„Der von Gmünd in Richtung Mutlangen fahrende Motorradlenker sei – vermutlich aufgrund hoher Geschwindigkeit – nach links gekommen, doch damit sei nicht die Gegenfahrbahn, sondern die linke der beiden bergauf führenden Spuren gemeint gewesen. Also jene Fahrspur, auf der es dann auch zum so verhängnisvollen Zusammenstoß mit dem Motorroller gekommen war (...) (23. Juni 2015, Rems-Zeitung).*

Erlaubt sind hier mittlerweile 70 km/h, laut Gutachten fuhr ich zwischen 110 und 130. Um meine Geschwindigkeit zu berechnen, wog man die Trümmerteile, maß deren Entfernung zum Aufprallort und gab die Daten in spezielle Programme ein. Zusätzlich musste die 5%-Steigung berücksichtigt werden. Oft streitet man sich, an welcher Stelle der genaue Aufprallpunkt war. Bei uns jedoch war dieser exakt definiert, da durch die immense Heftigkeit des Aufpralls der Asphalt an dieser Stelle deutlich aufgerissen wurde.

Unfall

Es folgt rechts eine Abzweigung in eine Ortschaft, vor der eine Ampel steht. Circa hundert Meter unterhalb der Ampel befindet sich links ein Gehöft – der Rehnenhof – aus dem ein 59-jähriger Rollerfahrer herausgeschossen kam. Es war ein großer Roller, ich glaube 125 Kubik. Mir die Vorfahrt nehmend, bog er in meine Fahrtrichtung ein. Als er die Hälfte bis ein Drittel seines Abbiegevorgangs ausgeführt hatte, prallte ich wohl in ihn hinein, mein Gedächtnis gibt das wie gesagt nicht mehr her.

Es kam zu einem brutalen Zusammenstoß.

Die Zeitung schrieb: *„Zu diesem Zeitpunkt wollte ein 59 Jahre alter Rollerlenker mit seiner Yamaha von der Einmündung Rehnenhof auf die Bundesstraße B298 einbiegen." „Dabei habe er offenbar dem Motorradfahrer, der auf der linken seiner beiden Fahrspuren ebenfalls Richtung Mutlangen fuhr, die Vorfahrt genommen." „Hierbei kam es zum (...) Zusammenstoß der beiden Fahrzeuge." (Gmünder Tagespost 22.+23.06.2015)*

Die Strecke ist anderthalb Kilometer lang kerzengerade. Ich weiß nicht, warum ich ihn nicht gesehen habe. Warum ich ihn übersehen habe, als er aus der Einfahrt gefahren kam. Ich hätte ihn sehen *müssen*. Warum versagte mein Instinkt? Meine fehlenden Erinnerungen machen es leider nicht leichter.

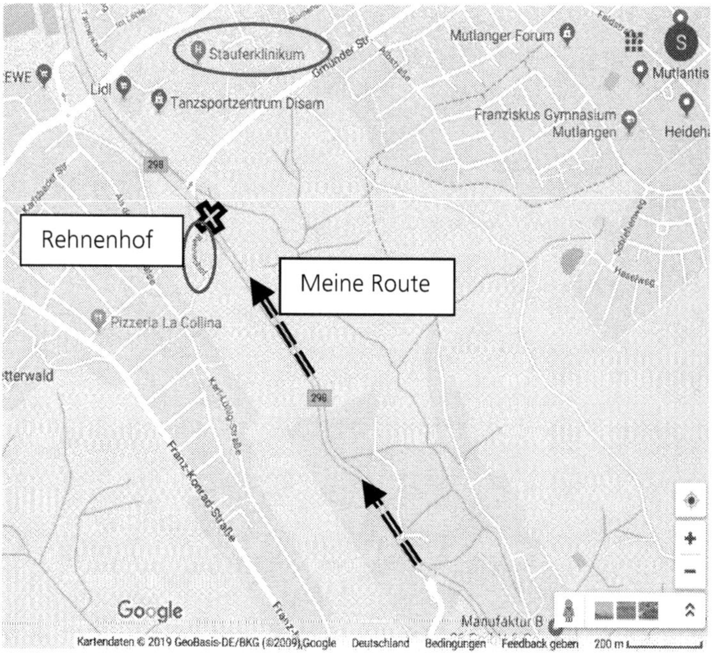

Quelle: Google maps, 20.10.2018

Manchmal wünschte ich, an meinem Helm wäre eine Gopro installiert gewesen, eine bekannte Outdoorkamera. Die hängen sich zurzeit viele hin, an Fahrradhelme, viele Motorradfahrer haben sie an der Schulter, viele Autofahrer haben sie am Armaturenbrett befestigt. Als Videobeweis bei einem Unfall. Mit ihrer Hilfe könnte ich vielleicht verstehen, warum ich den Rollerfahrer nicht gesehen habe, bei meiner vorausschauenden Fahrweise. Das ist für mich bis heute eine ganz offene Frage.

Laut Gutachten traf ich ihn mit voller Wucht mit dem Vorderrad direkt zwischen Hinterrad und Sitzbank. Ungebremst. Völlig unvermittelt bin ich ihm hinten rein.

Alle Zeugen sind sich einig, kein rotleuchtendes Bremslicht gesehen zu haben.

Es wird vermutet, dass ich im freien Flug mit dem Unfallbeteiligten kollidierte. Von der Konstellation her muss ich meine Nase irgendwo gegen seinen rechten Hinterkopf geschlagen haben. Bedeutet Helm an Helm.

Mein Gesicht wurde dadurch komplett eingedrückt, wie die Schale eines hartgekochten Eis.

Der Unfallbeteiligte erlitt einen Genickbruch.

Ein ordentliches Stück schleuderte es mich weiter durch die Luft. Schließlich geschah das Unvermeidliche. Ungebremst und mit brutaler Wucht prallte ich mit dem linken, seitlichen Unterkörper auf der harten Straße auf. Reglos blieb ich am Boden liegen.

Mein Leben hing am seidenen Faden. Dass er nicht gänzlich riss, ist ausschließlich der nun folgenden Verkettung aus glücklichen Zufällen zu verdanken.

Bild des Grauens

Laut Zeitungsbericht war es *„ein Bild des Grauens“ (Rems-Zeitung, 22.6.2015)*. Weiter heißt es: *„Zwei völlig deformierte Motorräder, Sturzhelme, Kleidungsfetzen sowie weitverstreute Teile der beiden Fahrzeuge gaben Zeugnis von der immensen Wucht beim Zusammenstoß.“*

Bei meinem Motorrad riss es beim Aufprall komplett mein Vorderrad mit Schwinge, mit Lenksäule, heraus.

„Beide Krafträder wurden durch die Wucht des Aufpralls ungefähr 100 Meter weit in Richtung Mutlangen geschleudert.“, berichtete dieselbe Zeitung am nächsten Tag.

Bei dem Rollerfahrer konnte nur noch der Tod festgestellt werden.

Auch der Notarzt konnte den Fahrer dieses Motorrollers nicht mehr retten.

Quelle Bild: Rems-Zeitung, 22.06.2015

Sofortige Hilfe

Nach dem Zusammenprall setzte sich eine Art Glückssträhne in Gang. Es ist kaum zu glauben: Unaufhaltsam wie eine Lawine wurde ich ab jetzt vom Glück begleitet. Man könnte fast meinen, der Unfall sei ein riesengroßes Missverständnis gewesen, ein riesengroßer Fehler von jemandem, der es nun äußerst zügig wiedergutmachen wollte. Retten, was noch zu retten war.

So hatte ich wahnsinniges Glück, keine größeren Schürfwunden davongetragen zu haben. Also ganz ehrlich: Bei meinem Unfall hatte ich persönliche Schutzkleidung an, wenn auch leider zu wenig. Natürlich meinen Helm, einen sogenannten Klapphelm, bei dem man die Kinnlade hochklappen kann. Für Brillenträger wie mich ist ein solches Modell ausgesprochen praktisch. Ich trug eine Gore-Tex-Jacke mit Protektoren in den Bereichen Ellenbogen, Schultern und an der Wirbelsäule. An den Beinen aber nur eine normale Jeans und Turnschuhe. Schon irgendwie Ironie des Schicksals: Der am wenigsten geschützte Teil von mir, nämlich meine Beine, kamen am unbeschadetsten aus der ganzen Nummer heraus.

Laut Ärzten wäre es bei dieser Heftigkeit des Unfalls nicht außergewöhnlich gewesen, wenn der Oberschenkel bis zum Muskel abgeschürft gewesen wäre. Bei mir hätte das vermutlich das Fass zum Überlaufen gebracht. Wer weiß, möglicherweise hätte dann mein Körper den Kampf ums Überleben aufgegeben oder gar nicht erst aufgenommen.

Schürfwunden hatte ich echt nur eine leichtere am rechten Ellenbogen (gut, die Narbe ist heute noch sichtbar), an beiden Knien und an beiden Knöcheln je zwei größere, aber eben nichts Dramatisches.

Mein nächstes Glück war, dass die Notfallversorgung unglaublich schnell vor Ort war – das nächste Krankenhaus war nur ca. 500m Luftlinie entfernt. Das war sicherlich das Zünglein an der Waage.

In den sehr, *sehr* schnell eintreffenden Krankenwagen verfrachteten sie mich hinein und – wie es üblich ist bei einem solchen Unfall – entledigten mich im Nu von meiner Kleidung, indem sie diese ganz einfach von unten nach oben mit der Schere durchschnitten.
Am schlimmsten traf es mein Gesicht. Ich trug, sagen wir mal, ziemlich *blöde* Gesichtsverletzungen davon. Der Polizist, der die Fahrzeugabfrage mit meinem Kennzeichen veranlasste, kennt mich persönlich. Als mein Name erschien, sagte er überzeugt zu seinen Kollegen: „Nein, das ist nicht der Herr Winkler, den kenn ich und der sieht anders aus!" Ich hatte wohl tatsächlich ein etwas anderes Aussehen als seither. Und werde es für immer haben.

Ich blutete stark im Mund- und Nasenbereich, klar, diese Stellen sind besonders empfindlich. Mein Gesicht war komplett zermatscht. Meine Augen begannen bereits zuzuschwellen.

Was nun folgte, war äußerst ungewöhnlich: Im völligen Schockzustand nahm ich noch Kontakt mit den Rettungs- und Polizeikräften vor Ort auf, *ich habe noch mit ihnen gesprochen*. Also wirklich *gesprochen*. Aufgrund meiner Verletzungen – ich hatte nicht einmal mehr Zähne! – grenzt es an ein Wunder! Böse Zungen würden jetzt behaupten, dass mich nicht mal so ein Unfall vom Sprechen abhalten kann.

Meine Worte waren nicht mal völlig sinnbefreit, sondern ich teilte den anwesenden Menschen mit, dass ich jetzt heimgehen wolle, dass ich jetzt genug habe und dass ja alles besprochen sei. Ich erkundigte mich sogar, ob ich jetzt laufen müsse oder ob sie mich heimfahren würden.

Und wollte aufstehen und gehen. Zum Glück konnten sie mich beruhigen und dabehalten, eine wirklich abstruse Situation.

Sonntag, 19 Uhr

Mittlerweile fragte sich meine Frau, wo ich bliebe. Sie hatte mir schon zwei Nachrichten geschickt, war sich aber natürlich bewusst, dass ich während des Motorradfahrens nicht antworten kann. Gegen 19:00 Uhr rief sie schließlich auf meinem Handy an.

Sie wusste um meine im Helm installierte Freisprecheinrichtung. Das bedeutet, ich hätte nur seitlich auf einen Knopf drücken müssen und wir hätten telefonieren können. Zu diesem Zeitpunkt lag ich aber schon mit lebensgefährlichen Verletzungen im Krankenwagen. Der Polizist von vorhin hörte mein Handy klingeln, nahm es aus meiner Jackentasche und sah das erscheinende Bild meiner Frau auf dem Display. Da er sie ebenfalls kannte, war es nun ziemlich klar, dass es wirklich *ich* war. Sein Motorrad kann man eventuell noch verleihen, aber Motorrad plus Handy eher nicht. Bisher war es ja noch die große Frage der Identifizierung: Ist er´s oder ist er´s nicht? Der Polizist nahm das Telefonat aber nicht an, da gibt es wohl spezielle Vorschriften. Zwei Polizisten klingelten einige Zeit später mit einer Seelsorgerin bei meiner Frau und klärten sie über den Unfall auf und darüber, dass ich mittlerweile in Ulm im Krankenhaus liege.

Wie ich dorthin gelangte? Auch hier hatte ich wahnsinniges Glück, denn in dem naheliegenden Krankenhaus war ein Hubschrauber von Ulm vor Ort! Dieser hatte ein

Frühchen in die Klinik gebracht und trat in diesen Sekunden den Rückflug an. Mutlangen selbst ist überhaupt nicht mit Hubschraubern ausgestattet, sie hätten erst einen anfordern müssen.

Geistesgegenwärtig funkte der Notarzt diesen Hubschrauber an, um mich ins Ulmer Bundeswehrkrankenhaus zu befördern. Dieses ist auf Unfallopfer spezialisiert, welch glücklicher Zufall für mich! Wäre ich nach Mutlangen gekommen, hätte ich vermutlich ebenfalls überlebt, aber vielleicht nicht so gut. Möglicherweise hätten sie mich irgendwann nach Ulm verlegt, aber wann ich dazu gesundheitlich in der Lage gewesen wäre, ist schwierig einzuschätzen. Fest steht: Das schnelle Eintreffen des Hubschraubers hat mir ziemlich sicher einiges an Vorsprung verschafft.

Er landete an Ort und Stelle, ich wurde eingeladen und sie flogen weiter.

Offizielle Wortlaute sind: *„Die Verletzungen des 42-Jährigen waren so bedrohlich, dass ein Rettungshubschrauber angefordert wurde, um ihn in eine Spezialklinik zu bringen." (Quelle Text und Bild oben nächste Seite: Rems-Zeitung, 22.06.2015)*

Der Rettungshubschrauber brachte den 42-Jährigen in eine Spezialklinik. Fotos: gbr

Ein Hubschrauber war bei dem Unfall im Einsatz. (Fotos: Laible)

Zwei Motorräder sind am Sonntag auf der B 298 frontal zusammengestoßen.

Quelle: Gmünder Tagespost, 22.06.2015

Wie es daheim weiterging

Als die Polizei mit der Seelsorgerin um circa 20:00 Uhr bei mir zuhause klingelte, öffneten meine Frau und mein 14-jähriger Sohn. Sie fielen aus allen Wolken.

Meine Tochter war mit dem Bus unterwegs nach Hause, auch dies ist eine grausame Geschichte. Ihr Bus musste nämlich eine Umleitung fahren, weil er genau die Unfallstrecke gefahren wäre.

„Die Bundesstraße B298 musste im Bereich der Unfallstelle durch die Straßenmeisterei Schwäbisch Gmünd voll gesperrt werden. Die Sperrung dauerte etwa vier Stunden lang an." (Gmünder Tagespost 22.06.2015)

Just in diesen Minuten bekam sie von meinem Sohn eine Nachricht, sie solle augenblicklich heimkommen, ihr Papa hätte einen Motorradunfall gehabt. Im Bus selbst war jemand, der quasi zeitgleich behauptete: „Dort war ein Unfall, bei dem der Motorradfahrer verstorben ist!" Sie stand natürlich völlig neben sich, stieg an der nächsten Bushaltestelle aus, wo mein Neffe sie abholte. Das Erste, was sie daheim fragte, war: „Ist Papa tot?" Meine Frau brauchte lange, um meine völlig aufgelöste Tochter beruhigen zu können. Für sie war es besonders knackig, besonders hart.

Mein Kumpel Tommy kam übrigens planmäßig um 19:00 Uhr und brachte seine DJ-Anlage zurück. Sich wundernd, wo ich sei, schrieb er mir eine Nachricht, zog dann aber ohne lange darüber nachzudenken von dannen.

Die Nacht von Sonntag auf Montag

Innerhalb von nur zehn, höchstens zwölf Minuten, wurde ich ins Bundeswehrkrankenhaus nach Ulm geflogen. Ziemlich beachtlich für die 70 km lange Strecke. Irgendwo auf diesem Flug verpassten sie mir einen Luftröhrenschnitt, da ich weder durch die Nase noch durch den Mund ausreichend Luft bekam. Nur auf diese Weise konnte ich beatmet und damit am Leben gehalten werden. Außerdem wurde ich mit allem, was die Schmerzmittelindustrie zu bieten hat, weggeschossen. Als wir Ulm erreichten, war ich nicht mehr ansprechbar.

Zuerst wurde ich in einen Schockraum gebracht, um mich notfallmedizinisch zu versorgen. Im Nachhinein sah ich Bilder eines solchen Schockraums, dort sieht es aus wie in einer Metzgerstube.

In diesen Minuten war ich drauf und dran zu sterben.

Ja, *ich war klinisch tot.*

Mit Hilfe einer medikamentösen Reanimation – durch Zufuhr von Adrenalin und anderen chemischen Substanzen – gelang es den Ärzten, mich zurück ins Leben zu holen.

Nach dieser Aufregung wurde ich in die Röhre des Computer-Tomographen geschoben, wobei Folgendes festgestellt werden konnte:

Bei meinem Becken riss die sogenannte Symphyse, eine Knorpelverbindung, welche den offenen Beckenring zusammenhält, damit dieser nicht aufklappt bzw. aufspringt. Beckenbrüche (man spricht von Beckenbruch, obwohl es kein knöcherner Bruch war) sind sehr oft mit Komplikationen verbunden: Die Harnröhre kann beschädigt werden oder es kann zu inneren Verletzungen führen. Wie ich später erfuhr, ist die Symphyse bei Frauen besonders dehnbar. Frauen schütten bei der Geburt ein Hormon aus, sodass dieses Band bis zu fünf Zentimeter dehnbar wird. Bei mir ist es eben gerissen. Zum Glück hat dieser Bruch keine inneren Blutungen oder Folgeschäden verursacht.

Zweitens wurde ersichtlich, dass ich mir durch den Aufprall auf der Straße neben dem Beckenbruch auch einen Oberschenkelhalsbruch linkerhand zugezogen hatte. Also linkes *Bein*. Das erleiden hauptsächlich ältere Leute, wenn sie stürzen, weil sie nicht mehr so sicher auf den Beinen sind.

Mein Gesicht allerdings war das größte Problem und ist es bis heute. Der mich später operierende Arzt meinte, er habe bei 150 Knochenbrüchen aufgehört zu zählen. Er schätzte auf 220 bis 250 Knochenbrüche – allein im Gesicht! Das ist natürlich schon eine Hausnummer, wenn man sich bewusst wird, dass das Gesicht bzw. der Schädel aus nur 24 Knochen besteht.

Demnach war alles zertrümmert:

Es waren der Unter- und der Oberkiefer zertrümmert.

Es waren die Augenhöhlen und die Stirn zertrümmert.

Die Kiefergelenke waren zertrümmert, der Kiefer hing praktisch in der Luft, er hatte keine Verbindung mehr zum Rest.

Es waren die Nase und mein Schädel zertrümmert, ich hatte einen Schädelbasisbruch.

Meine Zähne wurden, wie schon erwähnt, alle herausgeschlagen.

Zusätzlich war eine Hirnblutung samt Sauerstoffeinschluss im Gehirn sichtbar.

Das alles machte meinem Körper schwer zu schaffen.

Meine Frau telefonierte nachts gegen halb zehn mit einem Arzt, welcher ihr mitteilte, dass ich noch leben würde. Es sei jedoch ziemlich knapp gewesen. In freier Wildbahn wäre es vorbei gewesen.

Ganz im Gegensatz zu der Wasserturmszene zeigte sie sehr viel Anteilnahme. Auch war der Arzt sehr mitfühlend und nahm sich über eine halbe Stunde Zeit für sie, sprach ihr Mut zu und versicherte ihr, dass sie mich nun durchbekommen würden. *Ich würde überleben!* Auch konnten sie ihr zu jenem Zeitpunkt schon beteuern, dass ich wieder laufen werden könne.

Jedoch war unklar, was aufgrund der Hirnblutung im Kopf passieren wird. Zwar konnten sie diese lokalisieren, wussten aber nicht, wie stark sie ausgeprägt war und das bereitete allen Sorgen. Kleine Hirnblutung bedeutet nicht kleines Risiko und große Hirnblutung bedeutet nicht automatisch großes Risiko. Über die Größe an sich wurde auch gar nie gesprochen. Das Gute ist, dass endlich überhaupt die Existenz meines Hirns bestätigt wurde.

Sie bereiteten Carmen schon von diesem ersten Telefonat an darauf vor, dass ich eventuell geistige Schäden davontragen, ja, ich sie schlimmstenfalls nicht mehr erkennen werde. Beinahe täglich war dies von nun an Thema. Niemand wusste, was herauskommen wird, bis hin zum Schwerstpflegefall war alles möglich.

Erste OP

Noch in derselben Nacht wurde ich laut Krankenakte um die sieben, acht Stunden lang notoperiert.

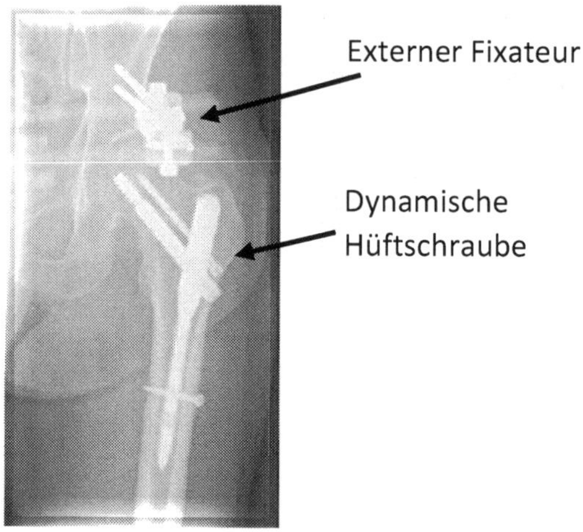

Sie richteten mir meinen Oberschenkel. Dazu brauchte es vier Teile: Einen langen Stift, der in den Oberschenkel genagelt wurde, eine Schraube, um diesen zu fixieren, und ein Stück weiter oben eine aus zwei Teilen bestehende dynamische Hüftschraube, die – wie der Name schon vermuten lässt – das Hüftgelenk mit dem Oberschenkel verbindet.

Sie richteten mir mein Becken. Hierzu drehten sie mir zuerst vier Schrauben ins Becken: zwei links, zwei rechts. Jede Schraube hatte eine unglaubliche Länge von 19 cm! Anschließend wurden diese mit einem Metallgestell *außerhalb des Körpers* verbunden – mit einem sogenannten externen Fixateur – welches den Beckenring wieder zusammenziehen sollte. Voller Hoffnung, dass es von allein wieder zusammenwächst.

Sie richteten mir notdürftig meinen Kiefer, brachten ihn provisorisch wieder in Form.

Sie richteten mir in dieser Nacht meine Zähne.

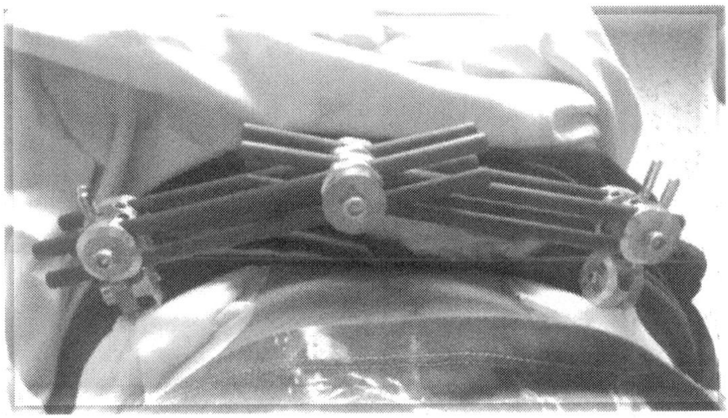

Der externe Fixateur aus meiner Sicht.

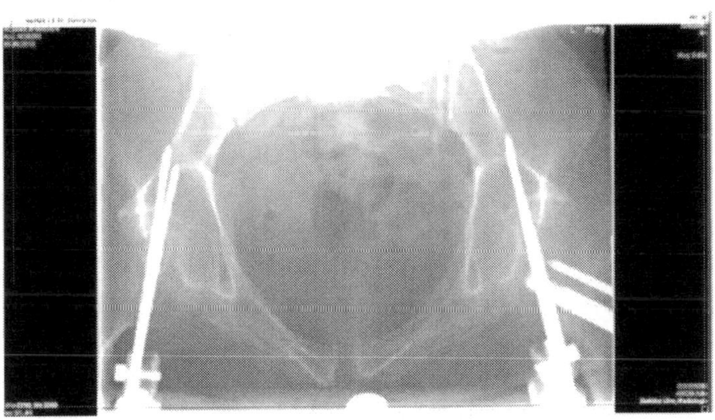

Die 2x 19 cm langen Schrauben des externen Fixateurs.

Mir wurden meine eigenen Zähne wieder implantiert. (Ist dies dann ein Reimplantat?) Das ist möglich, aber nur innerhalb von zwölf Stunden, sonst sterben sie ab. Zähne sind nämlich durchblutet, wusstet ihr das? Deshalb musste diese nicht unbedingt lebensnotwendige Operation zeitnah erfolgen. Irgendjemand hat sich tatsächlich die Mühe gemacht jeden einzelnen meiner Zähne aufzusammeln – danke!! Kein einziger ging verloren, kein einziger ging kaputt, das muss man sich mal vorstellen! Selbst meine zwei Brücken wurden gefunden und wieder eingesetzt. Irre, oder?

Anfangs standen meine Zähne sogar schöner als zuvor, das meldeten mir viele zurück. Inzwischen kippt der rechte Eckzahn leider nach hinten. Vielleicht verschiebt sich der Kiefer, vielleicht der Zahn selbst, auf jeden Fall sollte ich dringend danach schauen lassen.

Irgendwann in jener Nacht zogen sie mir den Stecker, ob *vor, während* oder *nach* der OP, weiß ich nicht genau. Das bedeutet, sie legten mich ins künstliche Koma, um meinem Körper etwas Ruhe zu gönnen. Man wusste um weitere notwendige Operationen und dafür brauchte ich Kraft.

Es handelte sich um ein sogenanntes Wachkoma. Es ist wohl so, dass man im Wachkoma die Außenwelt wahrnimmt, sowohl akustisch als auch optisch. Bei mir war es ein wenig anders. Ich habe so dermaßen eine auf die Klappe gekriegt, dass es mir meine Augen ein Stück weit in die Augenhöhlen reingedrückt hat. Dadurch waren meine Lider so stark angeschwollen, dass ich meine Augen selbstständig nicht mehr öffnen konnte. Also nichts mit optischen Eindrücken, konnte ja nicht sein.

Ich konnte nichts sehen. Für mich war es dunkle Nacht, es war schwarz. Jetzt wird's unheimlich: Nachdem ich aufgrund der zugeschwollenen Augen nicht selbstständig sehen konnte, tut sich mir schon die Frage auf: *Woher kamen diese realen Bilder in meiner Welt? Der Wasserturm, der Wellnesstempel, die Pfleger, das Werbevideo, die Putzfrau?*

Ich konnte nicht sprechen. Ursache dafür war der Luftröhrenschnitt, welcher dazu führte, dass einfach nichts rauskam, wenn ich redete oder schrie.

Ich konnte mich kaum bewegen. Zum einen war ich ja ziemlich beschädigt, zum anderen bekam ich starke Schmerzmittel verabreicht. Ich lag da wie *ein nasser, fauliger Sack.*

Kommt euch das bekannt vor?

Zweite OP

Zwei Tage später folgte eine große 13-Stunden-OP. Nun war es an der Zeit, mein Gesicht wieder zusammenzupuzzeln. Wie schon erwähnt, hörte der operierende Arzt bei 150 Knochenbrüchen auf zu zählen. Zur optischen Orientierung baten sie meine Frau um ein aktuelles Bild von mir.

Leider war sie nicht mutig genug eins von George Clooney abzugeben, weshalb ich auf eine kostenlose Rundumverschönerung verzichten musste. Ob sie heute ihre verpasste Chance bereut, weiß ich nicht. Ich blicke schon manchmal wehmütig in den Spiegel.

Abgegebenes Passbild

Um die einzelnen Knochenbruchteile wieder zu verbinden und zu fixieren, setzten sie um die 25 Lochplatten ins Gesicht ein. Man kann sie auf dem Röntgenbild gut erkennen. Plus ca. hundert Schrauben. In meine Augenhöhlen, in die Stirn, ins Kiefergelenk, überall wurden welche eingesetzt.

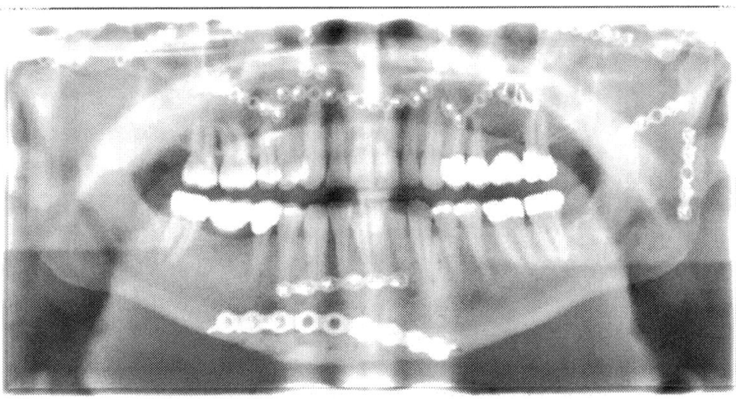

Unzählige Lochplatten im Kiefer

Wie ich später erfuhr, wurde ich „von innen" operiert. Erst nahm ich an, damit sei durch die Mundhöhle gemeint.

War es nicht!

Jetzt müsst ihr tapfer sein, das ist nichts für schwache Nerven:

Sie zogen mir die Gesichtshaut ab!

Beziehungsweise sie *rollten* sie ab, setzten Lochplatten sowie Schrauben ein und rollten sie wieder zurück!

Wie weit sie abgerollt wurde, weiß ich nicht. Die Platten im Kiefer wurden zu gegebener Zeit durch den Mund entfernt, daher vermute ich, dass sie auch auf diesem Wege eingesetzt wurden. Auch im rechten Kiefergelenk befindet sich eine Platte, aufgrund eines abgebrochenen Gelenkstückchens. Ob sie aber das Kiefergelenk ebenfalls in diesem Zuge gerichtet haben oder durch die Mundhöhle, entzieht sich meiner Kenntnis.

Mit Bestimmtheit weiß ich nur, dass sie mindestens bis zur Mitte des Gesichts abgerollt haben, da die unter den Augen befindlichen Platten nur auf diese Weise implantiert werden konnten.

Wie ihr euch denken könnt, wurden durch diese Abroll-Technik unzählige Nerven zerstört. Aufgrund der senkrecht verlaufenden Nervenstränge hatte dies Auswirkungen auf das ganze Gesicht.

In der unteren Lippe habe ich stellenweise noch ein Gefühl, die obere jedoch ist komplett taub und ich spüre sie vermutlich nie mehr.

Ob das aber wirklich zu 100% der Operationstechnik zuzuschreiben ist und nicht auch den vielen Unfallverletzungen, weiß ich nicht.

Ich küsste immer leidenschaftlich gerne. Inzwischen hat das für mich an Reiz verloren. Es ist schlicht und ergreifend unbefriedigend, da ich es in der Oberlippe nicht mehr spüren darf. Leider betrifft es auch das Küssen einer Frau an ihrer intimsten Stelle. Es fehlt mir, sie richtig zu spüren, um ihr ebenfalls die Berührungen zu verschaffen, die ihr gefallen.

Fast zwei Jahre lang fühlten sich meine Wangen ebenfalls pelzig an, taub, tot. Besonders die linke. Beginnend mit einem schwachen Kribbeln fand hier das Leben nach und nach wieder Einzug.

Nach konventioneller Operationsmethode hätten sie unter den Augenhöhlen aufschneiden müssen, wobei nicht nur ebenfalls Nerven verletzt worden, sondern zudem hässliche Gesichtsnarben entstanden wären. So trug mein ganzes Gesicht immerhin keine einzige Narbe davon! Keinen einzigen Kratzer! Gott sei Dank!

Mit dieser Operationstechnik sind aber wohl nicht alle Ärzte vertraut. Ich hatte so ein Glück mit dem Arzt, der mich operierte! Bei einer Nachuntersuchung mit einem anderen Arzt betrachteten wir zusammen mein Röntgenbild. Ab und an schielte dieser stirnrunzelnd auf eine Stelle unterhalb meines Kinns. Schließlich fragte ich ihn, wonach er suche. Erneut das Röntgenbild betrachtend, räumte er ein: „Ich suche die Narbe von der OP, bei der diese Platten eingesetzt wurden!" Als ich ihn aufklärte, nickte er beeindruckt: „Das ist ja clever! Das hat er richtig gut gemacht!" Der eigene Kollege war völlig erstaunt und überrascht.

So blieb sogar mein Kinn unversehrt. Das verleiht der Redensart „Mit heiler Haut davongekommen" nochmal eine ganz neue Bedeutung.

Was zurückbleibt, ist eine große Narbe an der Schädeldecke. Diese allein versprühte eine untrügliche Grausamkeit. Für meinen Sohn zum Beispiel hatte die etwas von Frankenstein! Als ich noch nicht gehen konnte, schob er mich öfters mit dem Rollstuhl durch die Stationsgänge. In jenen Momenten musste er immer ordentlich schlucken, wenn er mich von oben betrachtet so zusammengeflickt sah. Mittlerweile sind meine Haare wieder gewachsen und die Narbe ist kaum noch zu erkennen.

Seit dem Unfall traf ich tatsächlich zwei weitere Männer, die auf diese Weise operiert wurden. Einer sogar schon in den 1970ern.

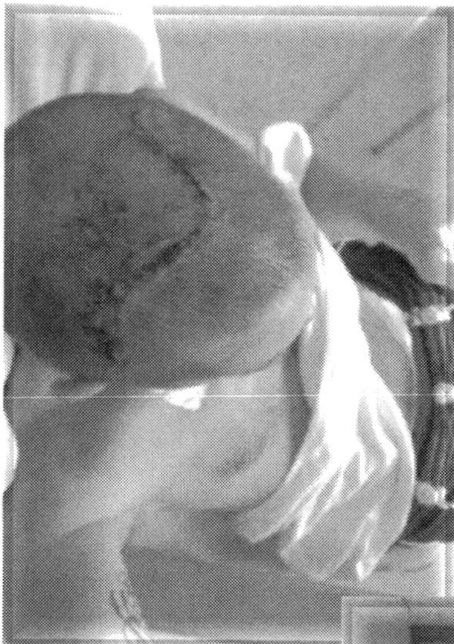

Die Narbe an der Schädeldecke.

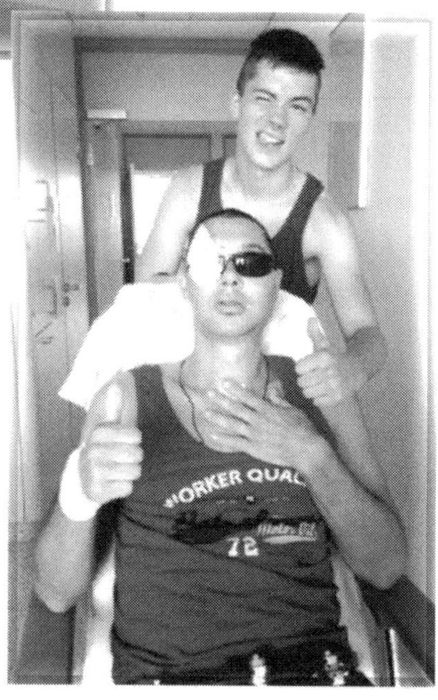

Ich mit meinem Sohn Nick, wie er mich im Rollstuhl umherschiebt. Die linke Hand drücke ich an meinen Hals, damit ich sprechen kann.

Verhalten während des Wachkomas

Während der fünf Tage Wachkoma lag ich da wie ein nasser Sack. Still wie der Tod. Als meine Frau bei mir war, zeigte ich keinerlei Reaktionen, selbst auf Ansprache nicht. Meine Augen konnte ich verletzungsbedingt nicht bewegen. Ebenfalls unmöglich war es mir über das Gesicht Mimik zu transportieren. Selbst meine Hände zeigten nicht die geringste Reaktion, erwiderten den Druck meiner Frau nie. Also wirklich: Nasser Sack.

Einmal zumindest muss ich mich aus eigener Kraft bewegt haben, denn ich befreite mich eines Tages von den an mir angebrachten Sensoren und vom künstlichen Beatmungsschlauch am Hals. Dazu später mehr.

Meine Frau sprach mit mir, sprach mich an, aber sie sagte mir nicht, wo ich bin und was passiert war. Wie ein hilfloser Säugling von seiner Mutter erfährt, dass es Bauchschmerzen sind, die es plagen, so hätte auch ich jemanden gebraucht, der meinem Leiden eine Erklärung gibt. Mich verstehen lässt - der Sprachlosigkeit Wörter verleiht.

Darum würde ich jeden am Bett eines Komapatienten bitten: Erklärt euch - Erklärt die Situation!

Du hattest einen schweren Motorradunfall, deshalb kannst du dich nicht bewegen.

Ihr dürft nicht müde werden, das stets zu wiederholen. Gebetsmühlenartig sickert vielleicht irgendetwas ins Unterbewusstsein und lässt die Hilflosigkeit schrumpfen.

Aufwachen aus dem Wachkoma

Carmen wollte nicht, dass unsere Kinder mich in diesem Zustand sahen und verweigerte ihnen einen Besuch bei mir. Doch Emely drängte schon länger darauf, dass sie mitkommen darf, bezichtigte meine Frau mittlerweile sogar der Lüge. Sie glaubte ihr nicht länger, dass ich noch lebe! Hatte Angst, ich sei in Wahrheit *tatsächlich* verstorben. Diesem Druck nachgebend, kamen meine beiden Kinder schließlich am Freitag das erste Mal mit, an dem Tag, an dem sie mich aus dem Wachkoma holten. Denn nach diesen zwei OPs war das nun endlich an der Zeit.

Die Ärzte reduzierten allmählich die Schmerz- und Narkosemittel, woraufhin ihnen nur abzuwarten blieb.

Langsam zu mir kommend, sah ich ein helles Licht wie durch einen Schlitz. Wie Qualm biss es in meinen Augen. Direkt neben mir stand eine Krankenschwester und hielt mir das linke Auge auf. Von weiter hinten näherte sich mir eine wohlbekannte, hübsche Gestalt mit braunen Locken. Es war meine Frau, welche ich sofort erkannte. Auch meine beiden Kinder waren anwesend.

Ich spürte die tiefe Welle der Erleichterung im Raum, als ich meine Familie erkannte, war es doch aufgrund meiner Gehirnblutung bis zuletzt fragwürdig.

Ein Lächeln der Glückseligkeit huschte über ihre Gesichter und es tat einen fast hörbaren Schlag, als die ganzen Felsbrocken von ihren Herzen abfielen.

Anfangs konnte ich nicht sprechen. Wohl waren meine Kiefer zugenäht, aber der eigentliche Grund hierfür war mein Luftröhrenschnitt. Mit einem Luftröhrenschnitt kann man nicht reden, weil keine Luft an die Stimmbänder gelangt. Ganz profan. Ich wusste das vorher nicht! So wurde mir eine Schreibunterlage mit DIN-

A4-Blättern zur Verfügung gestellt, auf diese Weise konnte ich nun kommunizieren. 56 Blätter sollten es insgesamt werden. Ein paar Auszüge zeige ich euch nachher.

Blödeln

Irgendwann in den ersten Stunden stellte Emely fest: „Ganz schön blöd gelaufen". Um ihre Aussage zu bestätigen, zeigte ich ihr gleich mal den Mittelfinger. Die Szene hielt sie mit diesem schönen Foto fest. Das erste nach dem Unfall.

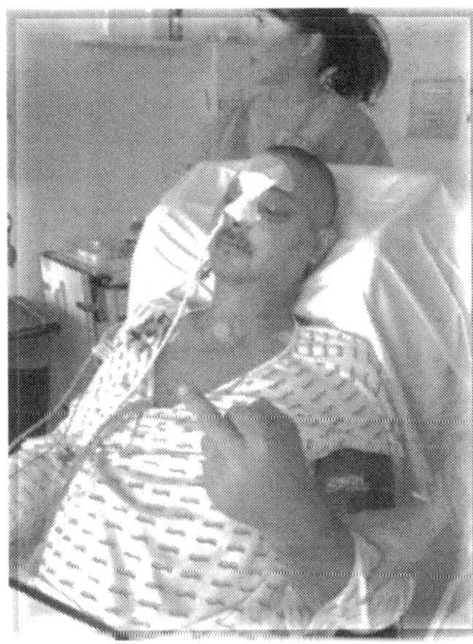

Frag mich nicht, warum sie mir diesen Oberlippenbart haben stehen lassen! Das ist doch echt unglaublich und hat ja schon fast was von „Betrunkene dekorieren."

Kühlmaske

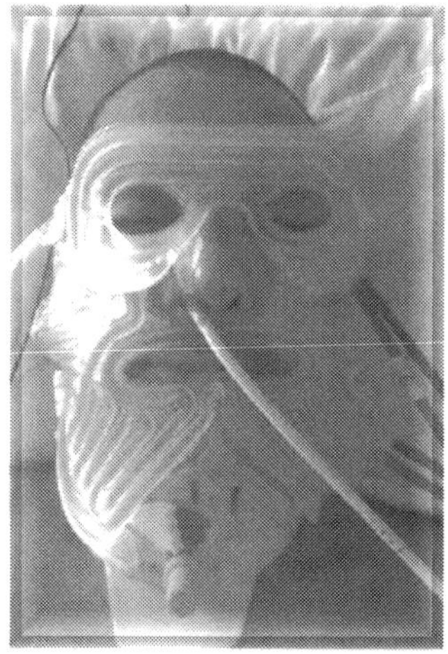

Mit Hilfe dieser Maske wurde mein Gesicht gekühlt, damit die Schwellung zurückgeht. Hierbei wurde eine Kühlflüssigkeit durch diese durchsichtigen Kanäle geleitet und mein Gesicht auf sieben Grad heruntergekühlt. Weniger nicht, da es sonst wiederum einen Kältebrand verursacht hätte. Drei- bis viermal täglich musste ich sie eine halbe Stunde lang aufsetzen. Schick, findet ihr nicht?

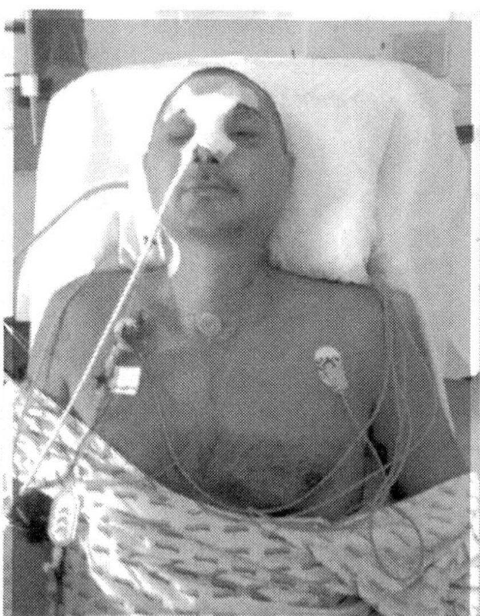

Künstliche Beatmung entfernen

Noch als ich auf Intensiv war, leitete man die Entfernung meiner künstlichen Beatmung in die Wege. Das kann nicht von jetzt auf nachher geschehen, da der Körper sich erst wieder an die Aufnahme der selbständigen Atmung gewöhnen muss. Wenn ich das richtig verstanden habe, reduzieren sie dazu schrittweise die zugegebene Luftmenge. Bisher war es eine reine Zwangsbeatmung.

Kurz vor Beendigung besagter Maßnahme jedoch löste sich der in meinen Hals führende Luftschlauch. Gott sei Dank ereilte mich kein akutes Erstickungsgefühl, fehlte mir schließlich nun der lebensspende Sauerstoff. Jedoch erzeugte die aus dem Schlauch unaufhörlich pulsierende Luft ein mächtig grusliges Gefühl. Anfangs dachte ich, jemand spritzt mit Wasser auf mich. Plötzlich war ich mir aber sicher, dass aufgrund einer geplatzten Arterie sich mein eigenes Blut fontänenartig über mich ergießt.

Panik erfasste mich! Zitternd schaffte ich es mit Müh und Not, den rotleuchtenden Alarmknopf zu drücken. Glücklicherweise eilte schnell eine Krankenschwester herbei, welche mich beruhigte, während sie den Schlauch wieder fachmännisch anbrachte.

Puh. Noch einmal gutgegangen.

Das Loch des Luftröhrenschnitts ließen sie noch lange offen, um im Falle einer Komplikation rasch handlungsfähig zu sein. Lediglich ein Pflaster wurde draufgeklebt. Zur Desinfektion musste dieses ab und zu entfernt werden. In jenen Momenten ereilte mich immer die Angst, dass in das offen klaffende Loch etwas reinfliegen könnte. Ein Vogel. Oder ein Schmetterling. Echt unheimlich. Da bekommt die Redewendung „einen Frosch im Hals zu haben“ plötzlich eine völlig andere Bedeutung. Vielleicht überrascht es euch nicht, wenn ich sage, dass *nie* etwas hineingeflogen ist.

Mit dem aufgeklebten Pflaster war die Luftröhre vom Prinzip her beinahe verschlossen. Das bedeutet, wenn ich recht stark auf meinen eigenen Hals drückte, war ich immerhin wieder in der Lage zu sprechen. Allein das kräftige Drücken fühlte sich allerdings seltsam und befremdlich an, kostete es mich zudem einiges an körperlicher Anstrengung.

Natürlich war meine Aussprache nicht sonderlich deutlich, waren ja meine Kiefer unverändert zugenäht, aber immerhin – Reden war möglich! Falls ihr eine Ahnung davon bekommen wollt: Presst mal Ober- und Unterkiefer so fest ihr könnt aufeinander und versucht euch mitzuteilen.

Darmentleerung

Ja, auch das gehört zu meiner Geschichte dazu: Irgendwann musste ich mal auf den Topf. Ich klingelte, eine ältere Krankenschwester betrat mein Zimmer. Nachdem ich ihr mein Bedürfnis zu verstehen gegeben hatte, brachte sie mir eine metallene Bettpfanne. Jetzt weiß ich nicht, wie es euch ergangen wäre, aber ich saß da drauf und es ging halt nicht! Das war so furchtbar unbequem! Nach gefühlten zwei Stunden klingelte ich erneut und machte ihr klar, dass das Ganze ergebnislos war. So nahm sie die leere Bettpfanne wieder mit und rauschte damit durch die Zimmertür.

Just in dem Moment, als sie das Zimmer verließ, stuhlte ich mich ein, wie man so schön sagt. Durch die Medikamente war es von cremeflüssiger Konsistenz. Die geben einem extra was, damit man nicht verstopft.

Auf jeden Fall musste ich erneut klingeln. Wutentbrannt stürmte die Pflegerin in mein Zimmer und hatte ihr Geschimpfe ob des erneuten Klingelns schon auf den Lippen. Zuvor nahm sie jedoch einen tiefen Zug durch die Nase und meinte nur erkennend: „Ich verstehe!" Sie begann, sowohl mich selbst als auch das Bett sauberzumachen. So eine Reinigung ist für das Pflegepersonal sehr zeitaufwendig und stressig, da es aufgrund der Keime absolut gründlich geschehen muss. Diesen enormen Aufwand wollten sie kein zweites Mal riskieren, daher legten sie mir schnurstracks einen Analkatheter (keine Ahnung, wie das richtig heißt).

Mir blieb echt nichts erspart. Zum Glück wurde dieser bereits einen Tag später wieder entfernt.

Verlegen auf Normalstation

Ich klingelte nicht nur diese zwei Male. Ich klingelte, wenn es mir psychisch schlecht ging (und mir ging es sehr oft sehr schlecht), ich klingelte, wenn ich panische Angst hatte. Brauchte immer jemanden an meiner Seite. Prinzipiell ist das ein Problem unseres Gesundheitssystems: Auf der einen Seite wird man medizinisch auf einem sehr hohen Niveau versorgt, auf der anderen Seite kommt das Menschliche oft zu kurz! Sollte dies nicht einen ähnlichen, ja vielleicht sogar einen größeren Stellenwert einnehmen?

Ich klingelte aber auch wegen körperlicher Belange: weil meine Lippen ausgetrocknet und rissig waren und weil ich permanent verschleimt war.

Mir wurde schließlich gesagt, wer so oft klingeln könne, dem gehe es wohl nicht mehr ganz so schlecht. Auf Intensivstation sei man am besten aufgehoben, wenn man noch schwere Sprech- und Gedächtnisstörungen habe, ich bräuchte die Intensivbetreuung jetzt nicht länger. Meine Angst davor, auf der Normalstation nicht mehr diese pflegerische Zuwendung zu bekommen, wurden beschwichtigt: Man würde eine extra Pflegekraft einteilen, die sich um meine Belange kümmere. Zumindest tagsüber würde also eine Person mehr da sein. Nur nachts leider nicht, was noch zum Problem werden sollte.

So wurde ich bereits am Montag, gut eine Woche nach dem Unfall, von der Intensiv auf die normale Station verlegt. Gesundheitlich aber war ich noch lange nicht so weit!

Für mich war dieser Schritt – trotz meiner geäußerten Bedenken die pflegerische Versorgung betreffend – aber ebenfalls ein Zeichen dafür, dass ich jetzt bald wieder fit sein würde, dass ich bald nach Hause könne. Weit gefehlt. Welch Trugschluss!

Montag

Noch am Tag meiner Verlegung trat ein Arzt an mein Bett und fragte mich, ob ich eine weitere Kiefer-OP „wünsche". Wobei nach dem Ernst der Situation empfand ich das nicht wirklich als eine echte Auswahl. Für mich war das eher eine rhetorische Frage. Er erklärte mir, dass meine Kiefer noch nicht richtig zusammenpassten und die Gefahr eines sogenannten Kreuzbisses sehr groß sei. (Kreuzbiss bedeutet, dass die Zähne nicht sauber aufeinanderpassen.) Das könne zu großen, bis in den Rücken spürbaren Problemen führen.

Noch während seines Vortrages spürte ich, wie mein Herz anfing zu rasen, einen Moment lang schien die Zeit stillzustehen. Ich fühlte mich wie ein in die Enge getriebener Hase. Zögerte.

Vom Zeitpunkt meines Aufwachens aus dem Koma bis dato war alles, wie soll ich sagen, sehr wechselhaft. Besagte Situation war nun die erste, bei der ich sagen kann, dass ich sie *richtig* realisierte. Ich wollte nicht mehr, ich wollte nicht erneut operiert werden! Ja, nun kapierte ich endlich, dass ich doch nicht so leicht aus dieser Sache herauskomme.

Schwer schluckend hörte ich aber auf den Rat der Ärzte. Was hätte ich denn tun sollen? Wenn die mir das empfehlen, das sind die Spezialisten, dann ist das halt so. Nachdem ich meine Einwilligung gegeben hatte und abermals allein war, schossen mir Tränen in die Augen.

Schwer hatte ich mit der anstehenden Operation zu kämpfen.

Eine ganz liebe, süße, bildhübsche Krankenschwester, vielleicht gerade 20, betrat Minuten später das Zimmer und erkannte mein Elend. Nur kurz meine Hand drückend ermunterte sie mich: „Herr Winkler, alles wird gut!" Drei tröstende Worte, die mein Herz erwärmten, die mir so viel Trost spendeten! In diesem Moment beschloss ich, dass ich sie mochte. Ihr Name war Annika[1], sie hat mir in dieser Zeit viel geholfen.

An ihr ovales Gesicht mit den lockigen, braunen, langen Haaren, die sie im Nacken meistens zu einem Pferdeschwanz gebunden hatte, erinnere ich mich noch gut und die mentale Unterstützung, die sie mir zuteilwerden hat lassen, vergesse ich ihr nie.

Während einer Operation in Vollnarkose muss jeder Patient mit einem Schlauch, der in die Luftröhre gelegt wird, beatmet werden, welcher noch vor dem Aufwachen wieder gezogen wird. Man bekommt davon im Normalfall also nichts mit. Bei mir war die Situation eine andere. Bei mir existierte ja noch das „Loch im Hals". Dies war zwar seit Tagen bereits mit einem Pflaster verschlossen, aber zur OP hat man es wieder mit einer Beatmungskanüle bestückt. Wie soll ich diesen Vorgang beschreiben? Es fühlte sich an, als ob jemand ein Loch in euren Hals reindrückt und mit dem Finger ganz tief reinfährt. Dies musste ich bei vollem Bewusstsein ertragen! Das war vielleicht übel! Die Aktion hat sich fest in meinem Kopf eingebrannt, ein unglaublich ekelhafter Moment.

Ich habe mich sachkundig gemacht: Üblicherweise kann man ein sanftes Narkosemittel verabreichen, welches für Schlaf und Vergessen sorgt, bevor man die

---

[1] Die Namen aller Klinikarbeiter wurden von uns geändert.

„große Halspopelei" anfängt. Wurde es bei mir vergessen? Oder nicht gemacht, weil man dachte, ich sei ein besonders tapferer Kerl?

Entlassen? Verlegen?

Seit dem ersten Tag, an dem ich mit Zetteln kommunizieren konnte, wollte ich raus aus dem Krankenhaus. So fragte ich quasi täglich nach meiner Entlassung. Ich bekam den Lagerkoller. Wenn eine große Visite anstand, stürmten locker mal zehn Kumpels in Weiß wie eine Naturgewalt ins Zimmer: zwei Profs, zwei Chefärzte, zwei Assistenzärzte, zwei Studenten, zwei Krankenschwestern und zwei Pfleger. Da war schon was los. Leider gaben mir aber alle zu verstehen, dass das so schnell nicht funktioniere. Zu Beginn prophezeiten sie mir sogar einen Krankenhausaufenthalt um die drei Monate! Sofort war mir klar: Das stehe ich nicht durch!

Daher äußerte ich inständig den Wunsch, mich wenigstens nach Mutlangen zu verlegen. Ich wollte einfach näher daheim sein, schon allein, um meine Frau zu entlasten. Sie besuchte mich jeden Tag und das bei einer Entfernung von über 70 km. Einfach.

Die Ärzte gaben zu bedenken, dass eine Verlegung unklug sei. Sie selbst hatten mich zusammengesetzt, wussten genaustens Bescheid, wo was gemacht wurde. Ich kenn das rein vom Handwerklichen her: Wenn ich ein Schränkchen zusammenbaue und ein anderer will nun etwas ein- und wieder ausbauen, dann tut der sich wesentlich schwerer, als wenn ich das selbst übernehme.

Jedes Mal vertrösteten mich die Ärzte: „Mensch Winkler, bleib doch noch so lange da, bis du keine Akutversorgung mehr nötig hast. Wir wissen sehr wohl, dass du heim willst, zumindest *näher* heim und wir handhaben das ohnehin so, dass wir die Patienten nicht unnötig lange hierbehalten."

Hätte ich zu 100% darauf bestanden, wäre meinem Ansinnen natürlich stattgegeben worden.

Als jetzt die dritte mehrstündige OP anstand, fühlten sich die Ärzte bestätigt: Zum einen hätten die Kollegen aus Mutlangen das in dieser Weise überhaupt nicht diagnostizieren können und selbst wenn, hätten die mich nicht selbst operiert, sondern eh wieder nach Ulm gebracht. Im Nachhinein also eine richtige und professionelle Entscheidung der Ärzte, weiß ich heute.

Mittwoch: Dritte OP

So wurde ich am Mittwoch ein drittes Mal operiert – zehn Tage waren nach dem Unfall vergangen. Im Prinzip zerlegten sie mir erneut meinen Kiefer und setzten ihn neu zusammen.

Angesetzt war ein Zeitrahmen von zwei Stunden, welcher aber um mehr als das Dreifache gesprengt wurde. Zwar liegt mir der OP-Bericht vor, trotzdem ist es mir nicht möglich, die Ursache dieser erheblichen Differenz zu verstehen. Eine mögliche Erklärung könnte sein, dass sie vermutlich nicht richtig planen konnten. Ärzte haben zwar ihre Vorgabezeiten, aber es war eben kein Standardbruch.

Zugang zum Kiefer konnten sie sich dieses Mal durch die Mundhöhle verschaffen.

Am Ende der OP fixierten sie den Kiefer, indem sie ihn unter anderem aufeinander nähten. Tatsächlich: Sie nähten ihn mit einer Naht durch Ober- und Unterkiefer mitten *durch das Zahnfleisch* zusammen! Anschließend setzten sie eine aus sehr viel Draht bestehende feste Spange ein, damit vor allem das Kiefergelenk entlastet ist. Ein Öffnen war die nächsten vier Wochen unmöglich.

Baumarkt

Nach der Operation schoben sie mich in mein Zimmer zurück. Also ich hoffe, dass sie das getan haben, denn *gefühlt* schoben sie mich durch einen Baumarkt! Ja, hier hatte ich zum ersten Mal nach dem Wachkoma wieder Wahnvorstellungen.

In meiner eigenen Welt wache ich schon früher als real aus der Narkose auf und sehe klar und deutlich, wie man mich durch einen Baumarkt schiebt! Stellenweise ist ein Bauzaun aufgebaut, vermutlich wird hier etwas renoviert. Rechts von mir sehe ich eine nach oben führende Treppe und überall an den Wänden diese grobfasrigen OSB-Platten. Immer weiter werde ich hineingeschoben. In meinem Krankenbett, über dem dieser Galgen ragt! Ich denke mir noch: „Leute, das könnt ihr doch nicht bringen, ich bin frisch operiert! Schiebt mich bitte in mein Zimmer zurück!" Doch, sie können es bringen, und es kommt noch krasser: Der Baumarkt ist sogar in Betrieb! Hier sind überall Menschen!

In der Bilderrahmenabteilung werde ich schließlich abgestellt. Neben mir ist eine viereckige Arbeitsfläche, wo sich die Mitarbeiter aufhalten, ca. fünf auf drei Meter. Alle möglichen Bilderrahmen gibt es um mich herum. So wie es aussieht, ist es Stangenmaterial, welches hier auf Länge zugesägt wird. Ein älteres Ehepaar schlendert heran, die Arme ineinander eingehakt und lässt sich einen schweren, goldfarbenen Bilderrahmen im verschnörkelten Barockstil anfertigen. Ständig erscheinen weitere Menschen, um sich Bilderrahmen zusägen zu lassen. Beachtet werde ich aber wieder von niemandem. Niemand sieht mich, niemand nimmt von mir Notiz, niemand spricht zu mir. Hallo?

Wie wenn jemand am Dimmer dreht, erlischt langsam das Licht.

Als ich zu mir kam, wusste ich erst nicht, ob es Nacht oder Tag ist. Dieses Tag-Nacht-Gefühl war in jener Zeit kaum vorhanden, war verschmolzen zu einer trüben Suppe.

Immerhin befand ich mich allein in meinem Krankenzimmer. Es war gegen 20 Uhr, der Tag neigte sich bereits dem Ende zu. Darum bemüht, die Baumarkt-Geschehnisse einzuordnen, musste ich verzweifelt feststellen, dass es mir nicht gelang. Ob es ein Traum war? Aber ich habe wahrhaftig dort gelegen! Ich habe doch die Leute laufen sehen! Ich kann mich genau erinnern!

Donnerstag nach der dritten OP

Am nächsten Morgen wurde mein Fragenkarussell unmittelbar abgelöst durch den nächsten absoluten Alptraum:

Starke Nachblutungen plagten mich! In meinem Mund fühlte ich eine Unmenge an Blut, nein, eher Blutklumpen, in Kombination mit Schleim! Unmöglich war es mir, sie aus meinem zugetackerten Kiefer zu spucken. Hinunterschlucken konnte ich sie ebenfalls nicht. Warum? Ich hab´s nicht runtergebracht, fertig. Wieder fühlte ich mich gefangen im eigenen Körper, ein nasser Sack, mehr tot als lebendig.

Mit einer Schnabeltasse flößte ich Wasser in den Mund und bewegte meinen Kopf vorsichtig hin und her, damit sich der Klumpen ein Stück weit auflöst. Durch die Zähne hindurch konnte ich nun etwas Rotes hinaustransportieren und in den Mülleimer ausspucken. Aber dass das nicht das Gelbe vom Ei war, muss ich nicht extra erwähnen.

Zudem wurde ich von hämmernden Kopfschmerzen heimgesucht. Nicht nur das, mein ganzer Körper tat mir weh. Zu guter Letzt bekam ich noch Sodbrennen wie ein Bär. Es war, als ob ein Feuervulkan im Bauch gebrodelt hätte! Abends tat ein Hustenanfall nach dem anderen noch sein Übriges. Geschuldet waren diese dem Luftröhrenschnitt.

Ich dachte, ich muss sterben!

Schon vom ersten Tag an auf der Normalstation, von Montag an, kam morgens eine Physiotherapeutin und jagte mich aus dem Bett.

Beim Mobilisieren ist das Klinikpersonal ganz ordentlich hinterher. So musste ich gleich versuchen aufzusitzen und erst langsam und dann mit immer mehr Nachdruck mit den Füßen wackeln. Als nächstes galt es, meinen vom langen Liegen ausgemergelten Körper zu strecken und zu dehnen, um ihn wieder beweglich zu machen. Zum krönenden Abschluss stieg ich umständlich aus dem Bett und zog mich mit Hilfe eines Gehwagens in die Höhe.

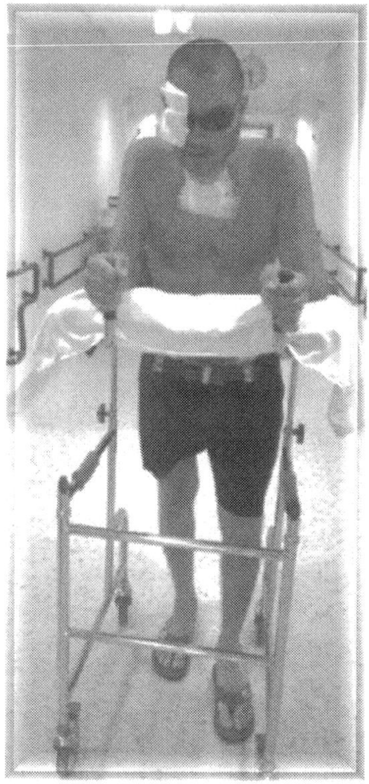

Beim ersten Aufstehen gaben meine Knie einige Zentimeter unter mir nach, aber resolut konnte ich mich einige Sekunden lang auf den Beinen halten.

Gleich am zweiten Tag, am Dienstag, mutete ich mir bereits zu, ein paar Meter zu gehen. Es war sehr herausfordernd, sehr wackelig und unsicher! Vor allem mein Kreislauf bereitete mir Probleme. Nicht nur einmal musste ich mich schwer auf dem Gehwagen, bei dem man die Ellenbogen auflegen konnte, abstützen, um nicht das Gleichgewicht zu verlieren.

Tapfer kämpfte ich mich wortwörtlich Schritt für Schritt ins Leben zurück. Meine erheblichen Verletzungen erschwerten meine Bewegungen jedoch noch mehrere Monate.

Am Tag nach der dritten OP, am Donnerstag, kam die Therapeutin morgens um 10 Uhr wieder. Dieses Mal musste ich ihr kopfschüttelnd zu verstehen geben: „Nein, heute stehe ich sicher nicht auf! Es geht nicht!“ Wirsch sagte ich weiter zu ihr, sie solle sich flugs vom Acker machen. Gleichermaßen freundlich und bestimmt versuchte sie mich noch zu animieren, wenigstens kleinere Übungen zu absolvieren, aber ich verwies sie schließlich des Zimmers. Ich glaube, ich war tatsächlich etwas ungehalten, aber mir ging´s einfach so übel.

An besagtem Tag dachte ich mir ganz bewusst, oder vielleicht auch nur halb bewusst, dass es jetzt vorbei sein könnte! Ich hatte keine Lust mehr! Ich konnte nicht mehr! Der gesamte Donnerstag war wirklich sehr, sehr schlimm!

Freitag

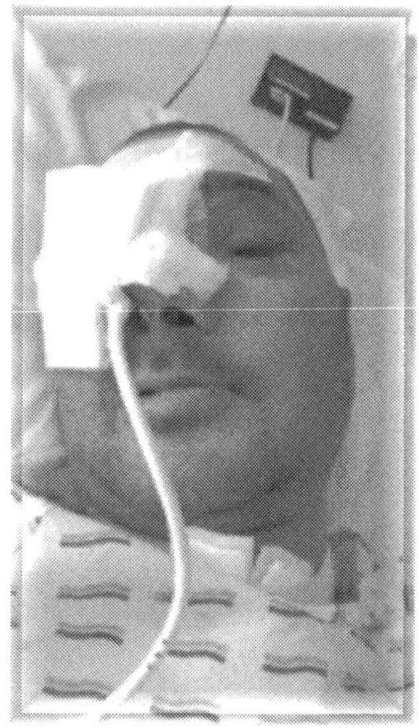

Am Freitag ging es mir schon etwas besser. Nein, eigentlich ging es mir um Welten besser! Langsam stellten sich die Nachblutungen ein. Das ist wahrlich beeindruckend, was der menschliche Körper zu leisten vermag! Im Vergleich zu „normal“ ging es mir aber nach wie vor richtig schlecht! War keine schöne Zeit!

Nach dieser dritten OP brauchte ich fast eine Woche, um wieder einigermaßen auf die Füße zu kommen.

Schon am Freitag traute sich meine Physiotherapeutin wieder her. Nachdem ich mich bei ihr entschuldigt hatte, nahmen wir das Training wieder auf. Aufstehen, Kreislauf in Schwung bringen, Bewegungen, Dehnungen, das sind sämtliche Skills, die in so einer Situation wichtig sind.

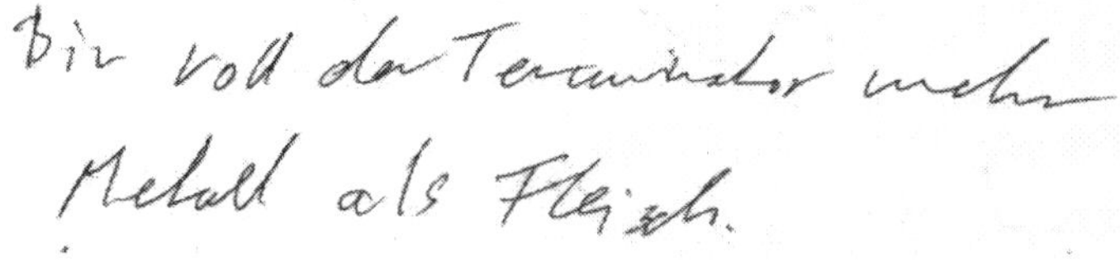
Bin voll der Terminator mehr Metall als Fleisch.

Original-Auszug aus dem Schreibblock, der anfangs zur Kommunikation diente:

Bin voll der Terminator, mehr Metall als Fleisch.

Kontakt zur Außenwelt

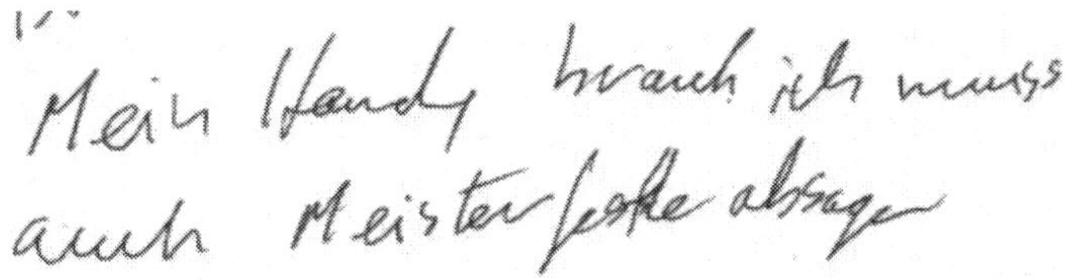

*Mein Handy brauch ich, muss
auch Meisterfestle absagen*

Meine Frau brachte mir an diesem Freitag mein Handy mit ins Krankenhaus. Was soll ich sagen? Es war noch intakt! Keinen einzigen Kratzer hat es abbekommen! Wo es sich im Augenblick des Unfalls befand? In meiner Jackentasche!

Verlief die Kommunikation bisher hauptsächlich über meine Frau, begann ich von nun an selbst wieder Kontakt zur Außenwelt aufzunehmen.

Mittlerweile war es Anfang Juli, drei Wochen vor den Sommerferien. In einer E-Mail teilte ich meiner Schulleitung hoffnungsvoll mit, ich sei nach den Sommerferien wieder am Start! Ich glaubte das wirklich! Eine Reha war noch angedacht, danach konnte es von meiner Seite aus wie gehabt weitergehen! Wie habe ich mich da getäuscht! Diese Szene sagt aber viel über mein eigenes, zu der Zeit völlig verschobenes, Einschätzungsvermögen: In meinem Verständnis war ich immer noch *nicht schwerstverletzt,* dachte, in zwei Wochen ist alles wieder gut. Richtig gut. So schlimm ist alles doch gar nicht. Erst viel später wurde mir das ganze Ausmaß bewusst.

Zeitig gründete ich eine WhatsApp-Gruppe aufgrund der vielen Nachfragen. In dieser Gruppe stellte ich Informationen und Bilder zur Verfügung, um nicht alles hundertmal beantworten zu müssen. „21.06.2015“ ist der Gruppen-Titel, sie existiert bis heute.

Meine erste Nachricht (Original-Zitat) lautet:

„hallo liebe freunde, wie ihr alle wisst, hatte ich einen schweren Motorradunfall. Danke, dass ihr an mich denkt und mir Besserungswünsche sendet, leider kann ich sie im moment nicht beantworten, da es zu anstrengend ist. Gestern hatte ich meine dritte OP, die ich gut überstanden habe. Zwar geht es mir im moment nicht so gut, aber es geht stück für stück aufwärts. Deshalb seid nicht böse, wenn ich euch nicht sofort zurückschreibe. Es ist besser, wenn ihr mir Sprachnachrichten sendet, da es sehr anstrengend ist zu lesen. Ich möchte euch auf diesem Weg mit Infos versorgen. Wenn aber jemand aus der Gruppe austreten möchte, ist das nicht schlimm. Liebe Grüße, euer Ralph.“

Während in der Zeit im Wachkoma nur Carmen zu mir ins Krankenhaus kam, besuchten mich von nun an zudem meine engsten Familienangehörigen und Freunde. Besonders meiner Mutter war ein Besuch bei mir ein dringendes Anliegen, da ich ihr eine Nachricht schrieb, dass es mir leidtue, sie so enttäuscht zu haben. Für sie war es bereits der zweite Schicksalsschlag: Schon einmal verlor sie ein Kind bei einem Verkehrsunfall, musste mitansehen, wie es vor ihren Augen überfahren wurde. Meinen großen Bruder.

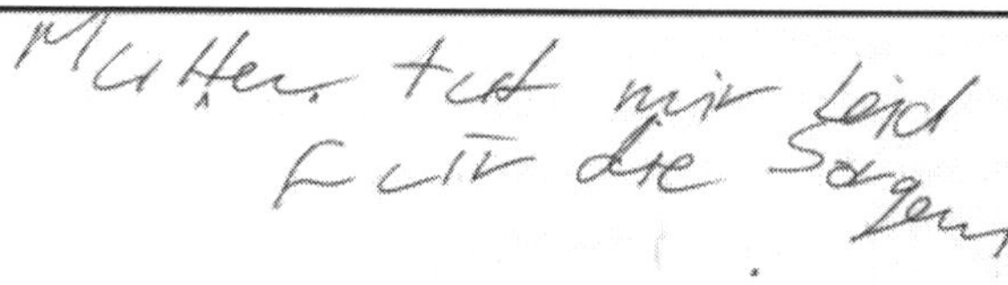

Eigentlich wollte ich aber überhaupt keine Besuche, war mit mir selbst ganz und gar nicht im Reinen. Gleichzeitig wollte ich mich niemand anderem zumuten.

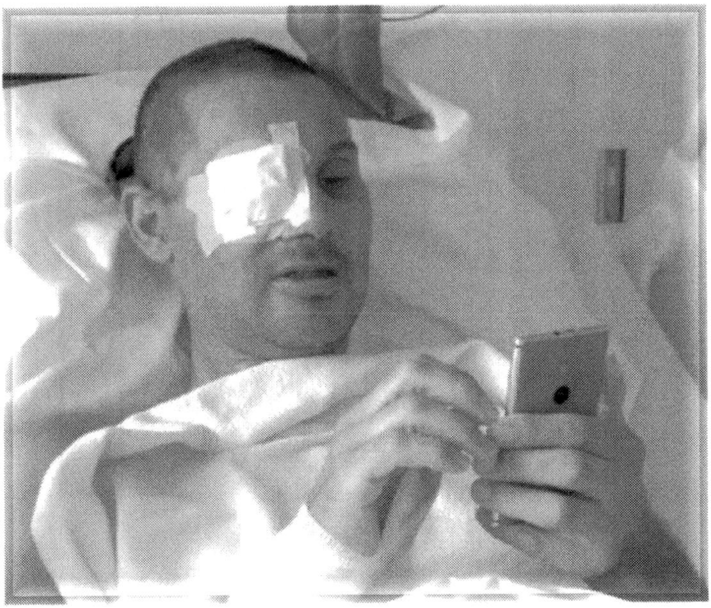

Endlich hatte ich wieder ein Handy...

Luftröhrenschnitt

Selbst nach der dritten OP ließen sie den Luftröhrenschnitt für etwaige Notfälle offen. Kennt ihr diese kleinen Tröten? Etwas Ähnliches – richtig heißt es Sprechkanüle – setzten sie mir ein: Es war ein Pflaster mit einem Bajonettverschluss, auf den man ein gelbes Ding drehte. Heraus kam eine krächzende Stimme, die mich sehr an die Stimme des berühmten Marlboro-Manns erinnerte und mit meiner eigenen in keiner Weise etwas gemeinsam hatte.

Mit diesem Ding zu reden war sehr anstrengend, brauchte es viel Übung, damit man mich überhaupt verstand. Zudem war es die ganze Zeit über ziemlich verrotzt, sodass ich es nicht permanent drin lassen konnte. Um es wieder frei zu kriegen, musste ich es aufdrehen, damit der ganze Sabber herauslaufen konnte. Das war nicht wirklich witzig!

Angst vor Schlaf

Die erste Woche auf Normalstation schlief ich praktisch überhaupt nicht, zumindest nicht bewusst. Es war eher ein Wegdösen, ein Wegdämmern. Meistens lag ich in Habachtstellung in meinem Bett.

Ich hatte so große Angst, dass die bösen Jungs wiederkommen oder dass sich eine erneute obskure Wahnsituation auftut! Ich hatte so große Angst, dass es doch noch nicht durchgestanden ist, dass das hier nur eine neue Szenerie ist. Ich wollte nicht wieder wehrlos sein!

Eigentlich ist das ´ne Lachplatte, denn selbst in meinem wachen Zustand war ich absolut wehrlos. Hätte mich ein Vierjähriger aus dem Zimmer geschoben, hätte ich rein gar nichts dagegen unternehmen können! Aber dieses Wehrlossein im Schlaf ist eben doch eine völlig andere Hausnummer.

Bauernhaus im Keller

Irgendwann muss ich dem Schlafdrang letztlich nachgegeben haben, denn ich werde wach und liege nicht länger in meinem Krankenzimmer! Plötzlich liege ich in einem fremden, relativ kleinen Zimmer. Rechts von mir entdecke ich mein Krankenhaus-Nachttischchen, welches ich an meinem Radio- und CD-Player erkenne. Den brachte mir meine Frau ins Krankenhaus, um die von einem Kollegen zugeschickten Hörbücher abspielen zu können. Es ist ein typisches Krankenhauskästchen, eine Schublade oben, in der Mitte ein freies Fach und unten eine Türe mit einem hochziehbaren und ausklappbaren Tischchen.

Schön, eine alte Bekannte in dieser surrealen Umgebung. Ein Anflug von Freude steigt in mir auf.

Weiter links von mir sind eine Tür und ein Waschbecken, über dem ein dezentes, künstliches Licht schimmert. Dieser Teil ist identisch mit meinem Krankenzimmer. Direkt neben mir – da sind keine 30 cm Luft – ist ein weiteres Krankenbett. Es ist leer. Abgedeckt ist es mit einer Folie, auf der sich im Laufe der Zeit eine dicke Staubschicht gebildet hat. Alter, grober Dreck mit Holzspänen und vertrockneten Gräsern. Richtig seltsam.

He, Moment mal! Da holt man sich ja alles! Ich will zurück in mein Zimmer! Dem spontanen Impuls folgend, schlage ich die Decke zurück und lasse mich vorsichtig aus dem Bett gleiten. Meine Beine stecken von den Füßen bis zu den Schenkeln in weißen Thrombosestrümpfen. Der mit Linoleum ausgelegte Boden fühlt sich unter meinen nackten Füßen angenehm kühl an. Zuerst stehe ich auf und dann – laufe ich einfach los.

Nachdem ich den Raum und das Gebäude verlassen habe, verweile ich kurz, drehe mich um meine eigene

Achse und blicke zurück. Ich bin ja in einem alten Bauernhaus gewesen! Es ist relativ groß und … es befindet sich im Keller des Krankenhauses, das kapiere ich ziemlich schnell! Erkannte ich das an den Wänden, welche in einem sterilen Weiß erschienen? Mit großen Augen betrachte ich den Keller, der aus einem riesigen, gewölbten Raum besteht, wie ein Dom, und darin befindet sich dieses alte Bauernhaus! Ein Haus im Haus! Das ist ja interessant. Das Bauernhaus erinnert mich sehr an das meines Ex-Schwagers. „Eigentlich ein tolles Gebäude, das würde mir auch gefallen. Nur die Lage ist vielleicht nicht ideal", denke ich mir noch.

Auf der Suche nach einem Weg zurück, sehe ich vor mir ein großes, zweiflügeliges, gelbes Tor, ich schätze vier auf vier Meter, welches mich an die Krankenhaustüren erinnert. Demgemäß kombiniere ich: „Das ist die Türe, durch die ich muss! Dann befinde ich mich wieder im Krankenhaus und kann mich endlich in mein weiches Bett fallen lassen!"

Plötzlich kommt mir mein Pfleger Ronny wild mit den Armen fuchtelnd entgegen. Ebenfalls begeisterter Motorradfahrer, Mitte zwanzig, einen halben Kopf kleiner als ich, recht durchtrainiert, ein sympathischer Kerl. Verwundert fragt er mich: „Wo willst du denn hin?". Ich antwortete selbstbewusst: „In mein Zimmer!" Ein erleichtertes Lächeln huscht über sein Gesicht. „Das ist gut, da gehen wir zusammen hin!". Er läuft tatsächlich mit mir zu diesem gelben Tor, öffnet es und bugsiert mich fachmännisch in mein sich dahinter befindendes Bett. Noch in derselben Sekunde verfinstert sich alles um mich herum und eine wohlige Stille umschließt mich. Sofort schlafe ich ein.

Doch als ich eine unbestimmte Zeit später wieder zu mir komme, finde ich mich erneut in dem Bauernhaus wieder! Fassungslos muss ich feststellen, dass Ronny mich hereingelegt hat! Das ist ja echt ein Netter, er hatte bestimmt seine Gründe, aber er hat mich *nicht* zurück in mein Zimmer geführt! Puh. Geleitet von meinem Instinkt und darauf bedacht, mich nicht abermals erwischen zu lassen, schleiche ich wie eine Katze auf leisen Pfoten.

Aber er erwischt mich trotzdem! Schon nach kurzer Zeit tritt er von hinten an mich heran und ruft leicht vorwurfsvoll: „He Winkler, wo willst du denn schon wieder hin?" Ich jammere: „Ich will in mein Zimmer!" Er nickt bejahend, fasst mich vorsichtig am Arm und legt mich in mein Bett, in das ich erleichtert sinke. Ein tiefer und traumloser Schlaf nimmt mich in Empfang.

Samstag

Es war ein Traum, versuchte ich mich, noch etwas desorientiert, am nächsten Morgen zu beruhigen, als die Erinnerungen ans Bauernhaus in mir nachhallten. Dann kam Ronny zum täglichen Blutdruckmessen. Mich besorgt anblickend fragte er: „Du, sag mal, was war denn heute Nacht los bei dir?" Ich verstand erst nicht, was er meinte: „Wie, was war denn los?" Er klärte mich auf: „Du bist heute Nacht zweimal aufgestanden und mir entgegengelaufen!"

Mein Herzschlag beschleunigte sich, ich war verwirrt, fühlte mich benommen, konnte wieder nicht zwischen Traum und Wirklichkeit unterscheiden, war es in besagtem Fall tatsächlich schwierig.

War ich wirklich im Bauernhaus?
Bin ich wirklich gelaufen?

Erschrocken über seinen Bericht, entschuldigte ich mich zunächst. Mitfühlend erklärte er mir, er notiere das besser nicht in der Krankenakte. „Wieso nicht?", wollte ich wissen. Er erklärte mir: „Du Dackel! Wenn die nächste Schicht liest, dass du im Schlaf auf Wanderschaft gehst, dann fixieren sie dich! Das willst du ja wohl nicht, oder?" Natürlich wollte ich das nicht!

Der absolute Wahnsinn war sein Bericht, dass ich beim Laufen keinerlei Gehhilfen zur Unterstützung hatte! Weder den Gehwagen, den wir zum Üben benutzten, geschweige denn Krücken! Rein gar nichts hatte ich bei mir, bin einfach im Traum und damit auch in echt drauflosgelaufen, als ob nichts sei! Zweimal hintereinander! Knappe zwei Wochen nach dem fast tödlichen Unfall! Ich konnte noch gar nicht laufen! Mit dem Gehwagen ging es zu jenem Zeitpunkt einigermaßen, gestützt auf Krücken noch nicht mal ansatzweise! Bis heute kann ich mir das nicht erklären!

Kennt ihr die Kindergeschichte von Heidi, Clara und dem Ziegenpeter? Analog zum Wunder, dass die an den Rollstuhl gefesselte Clara in den Bergen plötzlich stehen und gehen konnte, erklärte ich diese Begebenheit auch zu einem Wunder.

Ein befreundeter Arzt hat dieses große Wort „Wunder" etwas relativiert. Er erklärte mir, dass es Phänomene gibt, die man „Parasomnien" nennt. Somnos, der griechische Gott des Schlafes, wird in der Medizin für Schlafphänomene verwendet. Somnambulie – das Nachtwandeln – ist eine jener „Parasomnien". Hierbei kann es sein, dass Schmerzen und Einschränkungen nicht so stark oder überhaupt nicht empfunden werden und dann klappt das Gehen plötzlich besser als bei wachem Bewusstsein. War ich also ein Schlafwandler? Wer weiß.

Zwei Motorradfahrer?

Nach und nach erfuhr ich, was tatsächlich passiert war. Carmen erzählte mir zumindest mal, dass ich einen Motorradunfall hatte, Emely von dieser Tier-Tür-Geschichte. Weitere Einzelheiten meinen Unfall betreffend blieben sie mir aber noch lange schuldig. Der eine Arzt verplapperte sich, dass *zwei* Motorradfahrer beteiligt waren, am Mittag kam meine Frau, bei der ich weiter nachhaken konnte.

Was ist mit dem zweiten Motorradfahrer?

Jetzt war der Zeitpunkt der Wahrheit gekommen. Gefunden war die Frage, die meiner Frau weitere Informationen entlocken sollte. Statt einer übereilten Antwort setzte sie sich neben mich auf mein Bett und starrte minutenlang ins Leere. Eine geraume Zeit lang lastete auf diese Weise ein erdrückendes Schweigen über uns. Ihr stand ins Gesicht geschrieben, dass sie um die passenden Worte rang. Ich merkte ihr an, wie viel Kraft sie für die folgenden Worte aufwenden musste. Nun hob sie die Augen und ihr abwesender Blick wurde wieder klar. Auf die Antwort, die nun folgte, war ich nicht gefasst.

Sie holte tief Luft und gab schließlich zögernd zu, dass der zweite Motorradfahrer den Unfall leider nicht überlebt hatte. Dass dieser noch am Unfallort verstorben sei.

Echoartig hallten die Wörter in meinem Kopf nach, gleichzeitig spürte ich, wie mein Herz einen Schlag aussetzte. Mit voller Wucht trafen sie mich mitten ins Herz. Ich fühlte mich wie zerschlagen, schien in mich zusammenzusinken.

Noch ehe ich die volle Tragweite dieses Satzes begriff, bildete sich in mir ein Wirbel aus Trauer und Schuldgefühlen, welcher mich mit einer nie zuvor erlebten Intensität überschwemmte.

Es folgte eine weitere langanhaltende Stille. Ich wollte etwas sagen, irgendetwas, war aber keines Wortes fähig. Ein Schatten fiel auf mein Herz, der mich ein Leben lang begleiten wird. Nicht nur ich hatte Tränen in den Augen.

Carmen teilte mir noch ein paar Eckdaten des Verunglückten mit, Alter und Familienstand. Eine Weile saßen wir zusammen, passende Worte wollten uns nicht einfallen, wahrscheinlich, weil es keine gibt. Erst viel später erfuhr und begriff ich die ganze Geschichte und den genauen Unfallhergang.

Für mich war von Anfang an klar, dass ich schuld bin. Das war nie eine Frage, das ist eine Tatsache, dass ich schuld bin. Niemals wird mich dieses niederschmetternde Gefühl wieder loslassen. An besagtem Tag war ich unaufmerksam, ich hätte das verhindern *mussen*. Die Rahmenbedingungen waren mir dabei völlig egal.

Ich bin schuldig!

Ich hätte es verhindern müssen und habe es nicht. Ich habe es nicht verhindert.

Es gab sogar Zeiten, in denen wünschte ich, *ich* wäre derjenige gewesen, der sterben musste.

Überlegungen

Das lange Hinauszögern der Wahrheit betrachte ich im Nachhinein tatsächlich als Schutzmantel meiner psychischen Gesundheit, trotz des erneuten Gefühls der Unwissenheit.

Im Gegenteil. Die Existenz des zweiten Motorradfahrers, welche der Arzt aus einer Nachlässigkeit heraus erwähnte, hätte mir noch einige Wochen verschwiegen werden müssen. Noch gut hätte ich eine Zeit lang damit leben können, hatte ich doch mit mir selbst genug zu kämpfen.

Irgendeinen Unfallvorgang mussten sie mir aber präsentieren, konnten ja nicht behaupten, dass ich die Treppe hinuntergefallen sei. Das Problem meiner Frau in diesem Augenblick war, dass sie nicht wusste, ob und an was ich mich erinnern kann. Hätte sie sich was zusammengereimt und ich hätte mich erinnern können, wäre das ein immenser Vertrauensbruch gewesen.

Nun, da ich endlich um die Wahrheit wusste, galt es also einen Weg zu finden, sie erstmal wieder zu vergraben, um nicht mit ihr unterzugehen. Denn die Schuldgefühle, welche die Wahrheit auslöste, drohten mehr Schaden anzurichten als die Unwissenheit.

Nahrungsaufnahme

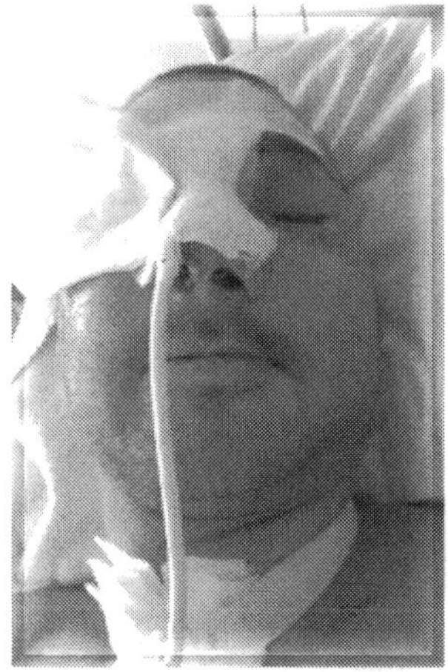

Schlauch der künstlichen Ernährung, direkt in die Nase.

Ernährt wurde ich durch eine Magensonde. Das ist auch ein spezielles Gefühl: Eine Krankenschwester oder ein Pfleger kommt zu den Essenszeiten mit einer großen, rosa Spritze – das Zeug war in der Regel ernsthaft rosa – ruft: „Mittagessen!", stöpselt diese an einen Schlauch an und drückt drauf. Fertig gegessen. Durch die Nase in den Magen. Leicht spürte ich es am Gaumen, als es durchlief, sonst spürte ich nichts.

In der Nacht von Sonntag auf Montag zog ich mir im Schlaf oder im Dämmern meine Magensonde für die künstliche Ernährung. Ich muss sie eingeklemmt und den Kopf gedreht haben. Es war keine bewusste Handlung! Morgens lag der Schlauch einfach losgelöst auf meinem Bett.

Es folgte die erste prägnante, bewusste Begegnung mit Arschloch-Doktor. Arschloch-Doktor, ungefähr in meinem Alter, ein südöstlicher Typ, stürmte ziemlich aufgebracht herein. Ich weiß nicht, ob er schlechten Sex hatte, wahrscheinlich gar keinen. Auf jeden Fall polterte er übellaunig los, wie ich mir nur diese Sonde ziehen könne! Entschuldigend versuchte ich ihm zu erklären, dass ich die Sonde sicherlich *nicht bewusst* gezogen hatte! Aber ich konnte doch kaum sprechen! Es ist nicht leicht, sich in einer solchen Situation zur Wehr zu setzen!

Ohne lange zu fackeln ordnete er an, man müsse umgehend eine neue Sonde setzen. Dieser Vorgang muss allerdings sehr unangenehm sein. Und in meinem Fall auch nicht vollkommen ideal, da meine Nase ja sowieso schon sehr in Mitleidenschaft gezogen war.

Krankenschwester Annika war ebenfalls anwesend und dachte sich wohl: „Das geht nicht, das ist nicht in Ordnung hier so einen Schnellschuss zu ziehen!", und ging ohne viel Federlesens zu meinem hauptsächlich behandelnden Arzt, zu Oberarzt Dr. Zahme. Nicht lange und dieser eilte ebenfalls herbei, woraufhin Arschloch-Doktor richtig stinkig wurde. Erstens auf Annika und zweitens auf das, was sein Chef dann entschied. Aber das musste er zähneknirschend so hinnehmen. Dr. Zahme bestimmte nämlich: „Nein, da setzen wir sicher *keine* neue Sonde, sondern der soll sich ab jetzt normal ernähren." Zuerst wollte ich selbst zu einer Erwiderung ansetzen, überlegte: „Ich kann mich nicht normal ernähren! Meine Kiefer sind doch zusammengenäht! Wie soll denn das funktionieren?" Aber die Zuversicht, die Dr. Zahme ausstrahlte, übertrug sich auf mich und so versuchte ich, jegliche Skepsis in den Wind zu schlagen. Entschlossen gab ich meine Einwilligung.

Gesagt, getan. Von besagtem Zeitpunkt an brachten sie mir täglich drei Teller Suppe. Für gewöhnlich waren es Cremesuppen, wie Kartoffel- oder Championcremesuppe. Ich wunderte mich noch, warum ich keinen Unterschied schmeckte, nein, eigentlich rein gar nichts schmeckte. Dachte, dass meine Sinne bestimmt durch die ständig präsenten Schmerzen abgelenkt seien. Zum Glück kam ich zu dieser Zeit noch nicht einmal auf die

Idee, dass ich in meinem ganzen Leben nie wieder etwas schmecken sollte.

Mit etwas Wasser verdünnt, füllte ich die Süppchen in eine Schnabeltasse. Nun musste ich es noch durch die geschlossene Zahnreihe kriegen, quasi durch die Zahnzwischenräume. Es war ein Sabbern in alle Richtungen! Einmal servierten sie mir eine Nudelsuppe, die schmiss ich ihnen durch die Tür nach! Nein, natürlich nicht! Aber ich hinterfragte schon, ob sie mich ärgern wollen. Wie sollte ich die Nudeln essen? Wohl oder übel musste ich mich damit begnügen, die Brühe zu schlürfen.

Zwar wollte ich auf keinen Fall weiterhin künstlich ernährt werden, aber hin und wieder verschmähte ich das Essen trotzdem. Manchmal schummelte ich und leerte das Essen, vor aller Augen verborgen, ins Waschbecken. So unendlich mühselig, unangenehm und zeitintensiv war der Essvorgang.

Voraussetzung für das selbständige Essen war allerdings das Halten meines Gewichts. Oberarzt Dr. Zahme wies daher die Krankenschwestern an, mich zweimal täglich zu wiegen. Das sei zudem gut, da ich dadurch Bewegung hätte, stand die Waage am anderen Ende des Ganges. Beim Unfall brachte ich bestimmt 95 Kilo auf die Waage, zu diesem Zeitpunkt waren es nur noch knapp über 80. Unter 80 drohte er mir wieder die Sonde zu legen, was durchaus ein Ansporn war.

Doch erst in meiner ersten Reha verlor ich kurzzeitig noch mehr an Gewicht. Da war ich dann knapp unterhalb der 80-Kilo-Marke, was den absoluten Tiefpunkt darstellte.

Zu den Süppchen wurde mir ein hochkalorisches Getränk gereicht. Das ist, sag ich mal, von der Konsistenz her wie eine Mischung aus Kaba und Pudding, leicht dickflüssig. Diese Fresubin kommen aus der Weltraumfahrt, ja wirklich, es war richtige Astronautenkost. Wenn man davon 300 ml trinkt, hat man kalorienmäßig ein ganzes Mittagessen im Ranzen.

Vervollständigt wurde meine Nahrungspalette durch zahlreiche Nahrungsergänzungsmittel und Vitaminpräparate, welche mir meine Frau mitbrachte.

Schielen

Als der Zeitpunkt gekommen war, dass ich endlich mein rechtes Auge manuell öffnen konnte – selbständig öffnen ging noch lange nicht – musste ich erkennen, dass ich Doppelbilder sehe. Ich schielte! Welch ein Rückschlag!

Schielen ist sehr unangenehm, das kann ich euch versichern! Sehen, Hören, Gleichgewichtsinn, das hängt alles eng zusammen. Wird ein Sinn getrübt, gerät das Gesamtsystem ins Wanken! Zu jenem Zeitpunkt konnte ich zum Glück noch nicht abschätzen, dass sich das noch weit über ein Jahr hinziehen würde und nur mit Hilfe von insgesamt drei Augen-OPs einigermaßen behoben werden konnte. Normalerweise verliert sich ein solches Symptom rasch wieder. Nur bei mir halt nicht.

Anfangs klebten sie mir eine Mullbinde auf mein Auge. Später setzte ich noch meine Brille darüber, sodass ich immerhin mit dem linken Auge die Möglichkeit hatte, halbwegs scharf zu sehen.

Da das Abkleben mit der Zeit unangenehm wurde, überlegten wir uns einen einfachen, aber dennoch ausgeklügelten, Trick: Ich ließ mein rechtes Brillenglas mattieren. Vom Prinzip her der gleiche Effekt: Durch die Mattierung sah ich nichts mehr und musste daher auch keine Doppelbilder sehen. Die waren der Horror. Die Brille an und für sich war meine alte, die aktuelle zersplitterte beim Unfall. Also nicht über das Modell wundern.

Altes Modell mit mattiertem Brillenglas.

Winterlandschaft

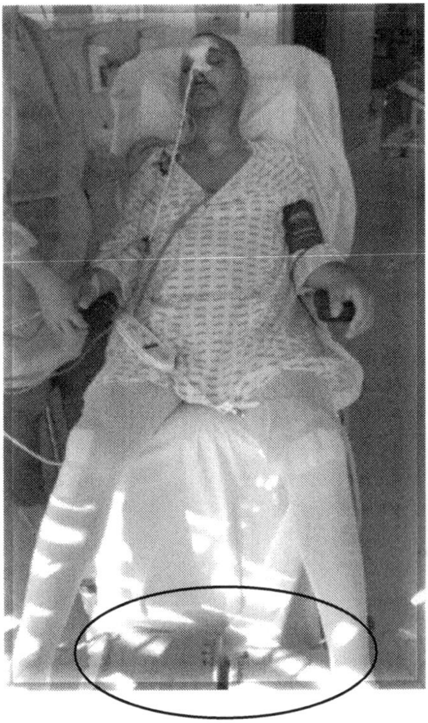

Sind das Schuhkartons? Hier noch mit dem Schlauch für die künstliche Ernährung.

Ausblick

Wie ihr auf dem Bild sehen könnt, hievten sie mich anfangs in diese Art Rollstuhl. Damit schoben sie mich – verkabelt wie ich war – manchmal ans Fenster, um mir ein anderes Sichtfeld bieten zu können. Zwar ermöglichte das Fenster auch nur einen Blick auf ein grasbewachsenes Hallendach, aber ich empfand es durchaus als Abwechslung. Unter meine Füße stellten sie zwei Schachteln – ich weiß nicht, waren es Schuhschachteln? – damit ich bequemer sitze bzw. nicht herunterrutsche. Zwar bin ich recht groß, aber meine Beine reichten nicht auf den Boden. Daher schaute ich dann mehr liegend als sitzend, fast wie meine Oma in ihrem alten Ohrensessel, aus dem großen Fenster und ließ die Zeit gedankenlos verstreichen.

Unbemerkt muss ich eingeschlafen sein, denn eine blendende Helligkeit weckt mich unsanft auf. Plötzlich sitze ich nicht mehr am Fenster im Krankenzimmer, sondern im Wintergarten eines auf einem Berg thronenden Hotels. Um mich blickend erspähe ich eine verschneite Winterlandschaft. Gerade war doch noch Sommer? Weit entfernt erstreckt sich eine schneeweiße, in der Sonne glitzernde Bergkette. Etwas näher durchbricht ein alter Holzzaun das Weiß, der stellenweise schon umgebogen, stellenweise schon kaputt ist. Ebenso tritt ein See aus der Schneelandschaft hervor, dessen kristallklares Wasser azurblau funkelt, als bestünde er aus tausenden von Sternen. Aus dem zarten Dunstschleier über dem Boden blinzeln vereinzelt Grashalme heraus. Ein leichter Schneesturm weht.

Ob ich wohl in Kanada bin? Wie bin ich hierher gelangt? Alle Fragen beiseite schiebend, sitze ich staunend da und betrachte das mir dargebotene Schneetreiben. Glücklich schwelge ich in Erinnerungen, nehme diese bezaubernde Landschaft fasziniert in mich auf. Ein zaghaftes Lächeln huscht über mein Gesicht. Bevor ich diese unvergleichliche Aussicht jedoch richtig genießen kann, verdunkelt sich die Welt, bis ich mich in einem tiefen Schwarz verliere.

Aus der Versunkenheit hochschreckend, befand ich mich wieder im Krankenhaus. Wo war ich? Wie bin ich hin- und zurückgekommen? Wie schon bei meinem mentalen Ausflug ins Bauernhaus, fand ich nur schwer in die Wirklichkeit zurück. Stresshormone zogen bei mir ein, wieder mal sah ich mich außerstande, dem Erlebten einen Sinn zuzumessen. Mit einem Mal wusste ich aber, dass noch nichts ausgestanden war.

Japanischer Garten

Eines Vormittags öffne ich nach einem Schläfchen die Augen und wähne mich nicht länger im Krankenhaus. Wieder liege ich auf einer geformten, geschwungenen Wellnessliege. Während ich die sich unerwartet aufbauende Umgebung inspiziere, sehe ich um mich herum sechs Holzstehlen, die ein geschwungenes Dach tragen. Zwischen Bonsaibäumen und einem akkurat angelegten Kiesbett plätschert ein von rosa Lotusblüten umgebener Brunnen: Ich finde mich in einem einladenden japanischen Garten wieder. Beinahe haftet diesem blühenden Ort etwas Klischeehaftes an. Wie ein Innenhof ist er umgeben von sehr viel Glas, vielleicht zwölf Meter im Durchmesser und achteckig.

Die aufkeimenden Glücksgefühle lassen alles Vergangene verblassen. Vertieft in den überwältigenden Anblick, der sich mir darbietet, erkenne ich aus den Augenwinkeln, wie meine Frau und meine Kinder durch eine Glastüre die Szene betreten und mich besuchen kommen. Eine ähnliche Situation wie im Krankenzimmer oder wie in einem Sanatorium. Plötzlich ruft eine scheinbar weit entfernte Frauenstimme „Mittagessen!" Die Sonne geht am Horizont unter. Wie am Äquator wird es zuerst schlagartig finster, bevor mich Sekunden später das grelle Tageslicht blendet. Als die Krankenschwester mein Süppchen samt Nachtisch auf einem Tablett herträgt, werde ich in die Wirklichkeit zurückgerissen.

Ich richtete mich auf und es dauerte eine geraume Zeit, bis ich mich zurechtfand. Wo bin ich schon wieder gewesen? Wie bin ich dorthin gekommen? Da war doch kein Flug dazwischen, keine Autofahrt? Das war wie beamen! Hat meine Fantasie mir wieder einen Streich gespielt? Mich an einen anderen Ort versetzt? Ich bin mir aber sicher, es erlebt zu haben. Es war kein Traum!

Ich war da!

Frau übernachten?

Als ich erneut um eine Versetzung nach Mutlangen bat, ließ mich Arschloch-Doktor seinen Unmut bezüglich der Situation mit der Magensonde spüren. Da faltete er mich so richtig zusammen, sagte, ich solle froh sein, überhaupt noch am Leben zu sein und hier keinen Aufstand veranstalten. Er allein würde entscheiden, wann und wohin ich verlegt werde.

Ihn in Gedanken verfluchend, war ich wirklich froh, dass noch andere Menschen im Krankenhaus arbeiteten! Er war durch und durch der Typ Folterknecht, dabei sollte er doch den Menschen Gutes tun! Nicht nur meine Situation an sich deprimierte mich zutiefst, auch sein Verhalten. Richtig beschissen ging´s mir danach.

In der Nacht von Montag auf Dienstag überkamen mich akute Suizidgedanken. Es scheiterte lediglich daran, dass die Ausführung nicht funktionierte. Ich wusste um meinen Aufenthalt im vierten Stock, wusste aber zudem, dass ich das Fenster nicht öffnen kann. Wäre ich mehr bei

Kräften gewesen, hätte ich einen Stuhl durchgeschmissen und wäre nachgesprungen. *So aber hatte ich keine Chance!*

In jener Nacht fand ich keine Ruhe. Es waren jedoch nicht die Schmerzen, die mich um den Schlaf brachten, sondern die pure Verzweiflung.

Als am nächsten Morgen Krankenschwester Annika eintrat, bemerkte sie gleich meine trübe Stimmung. Besorgt fragte sie mich, was los sei. Unmittelbar in Tränen ausbrechend, schluchzte ich:„ Mir geht es richtig beschissen! Vor allem meine Nächte sind so schlimm! Ich habe große Angst, wieder in einem Delirium zu landen!"

So fragte ich sie schließlich, ob es nicht möglich wäre, dass meine Frau hier eine Nacht verbringe. Carmen kam zwar wirklich täglich und war stundenlang für mich da, aber *nachts* war ich alleine. Stirnrunzelnd antwortete sie, dies sei normalerweise nur bei Kindern, nicht jedoch bei Ehepartnern üblich. Ich wies daraufhin, dass das Bett neben mir doch frei sei, ich war doch eh allein auf dem Zimmer! Sie versprach mir, bei den Chefs nachzuhaken.

Sie hielt nicht nur ihr Versprechen, sie konnte sich sogar durchsetzen! Sich einen Ruck gebend, willigte der Stationsarzt mit einem „Ausnahmsweise: Ja!" tatsächlich ein! Ein Ausdruck kindlicher Freude huschte über mein Gesicht. Unendlich war meine Erleichterung und ich informierte umgehend meine Frau. Mittags richteten ihr die Pflegerinnen das Bett her, Carmen kam und ich freute mich wie ein Schneekönig. Augenblicklich spürte ich, wie ihre Anwesenheit mir Kraft und Zuversicht verlieh.

Der Abend endete jedoch mit einem Vorfall, welcher mir noch heute klar vor Augen steht: Gegen 21:30 Uhr hatte dann Arschloch-Doktor seinen großen Auftritt. Schon beim Betreten des Zimmers sah er aus, als hätte er in eine saure Zitrone gebissen. Wirsch verlangte er zu wissen: „Was machen Sie denn hier? Nein, das geht nicht! Verlassen Sie umgehend das Krankenhaus!" Stellt euch vor: Carmen hatte schon ihren Schlafanzug an und lag schlafbereit in ihrem Bett! Das bedeutet, das Personal musste das Bett sowieso reinigen.

Irritiert erklärten wir ihm, die Übernachtung sei mit der Stationsleitung am Mittag abgesprochen worden. Er stellte fest, dass jetzt aber er Stationsleiter sei. Dass eine Übernachtung die Krankenhausleitung nicht vorsehe, die das nicht genehmigen könne und er persönlich die Verantwortung trage! Deshalb müsse meine Frau jetzt gehen! Und zwar zügig, die Besuchszeit habe bereits um 21 Uhr geendet – er würde uns aber noch bis 22 Uhr Zeit geben. Weil er so nett ist. Keine weiteren Widerworte duldend rauschte er federnden Schrittes aus dem Zimmer.

Völlig überrumpelt und perplex schauten wir uns an. Wir fanden nicht die Kraft zu kämpfen, daher blieb uns nichts anderes übrig als klein beizugeben. Noch lange, nachdem Carmen gegangen war, starrte ich gedankenverloren die Zimmertür an, die sie hinter sich geschlossen hatte.

Als ich nun allein im Zimmer war, strömten mir die Tränen über die Wangen und ich machte keine Anstalten, sie wegzuwischen. Noch nie in meinem Leben hatte ich mich so einsam, verlassen und verstört gefühlt. Wie konnte er nur so kleinkariert und hartherzig sein? An dieser Stelle bekam er für mich und von mir persönlich den Titel „Arschloch-Doktor".

Rechtliche Vorschriften hin oder her, das ist alles recht und gut, aber man braucht, vor allem in diesem Fall, schon etwas Menschlichkeit. Ich verstehe, dass ein Arzt keine unnötigen, rechtlichen Risiken eingehen möchte, aber hier wäre doch der medizinische Nutzen größer gewesen als das Risiko. Vielleicht muss sich ein Krankenhaus generell überlegen, wie es Ärzten rechtliche Freiräume schaffen kann, dass sie situationsbedingt angemessen agieren können. Auf Geburtsstationen ist eine Übernachtung des Partners zum Teil doch auch schon möglich.

Die Nacht war folglich ziemlich übel, ich war so traurig, so enttäuscht, so allein.

Mein Weinen verhallte ungehört.

Fäden ziehen

Meine Fäden im Oberschenkel entfernte eine Krankenschwester am Dienstag oder Mittwoch, ganz nebenher. Sie meinte: „Herr Winkler, ich würde gerne die Fäden ziehen", ich erwiderte: „Ja, mach doch." Und sie zog die zehn Fäden des linken Oberschenkels. Absolut unkompliziert.

Am Donnerstag sollten meine Fäden am Kopf gezogen werden. Arschloch-Doktor betrat mein Zimmer und kündigte an, dass er diese ehrenvolle Aufgabe habe. Auch hier erwiderte ich: „Ja, mach doch!" Er aber erklärte mir: „Das geht hier auf dem Krankenbett nicht! Sie müssen in mein Behandlungszimmer kommen!"

Zwar verstand ich sein Problem nicht, zeigte mich jedoch kooperativ und fügte mich. Er beschrieb mir den Weg: Den Gang entlang, zweimal rechts, das letzte Zimmer auf der linken Seite. Ich musste schlucken. Beunruhigt brachte ich an, dass es für mich recht schwierig sei, dorthin zu kommen, da der Weg ja doch recht weit sei. Aber er ließ keine andere Möglichkeit zu. So beschloss ich: „Ok, Arschloch-Doktor, dir zeig ich´s! Von dir lass ich mich nicht unterkriegen! Von dem ganzen Scheiß vielleicht schon, aber *von dir persönlich nicht* !"

Um 11:00 Uhr war der Termin. Gegen halb elf schnappte ich mir meinen Gehwagen mit Armauflage, kämpfte mich aus dem Bett – das allein war ja schon immer kräftezehrend – setzte mich schlurfend in Gang und begab mich auf die Reise. Unterwegs begegnete ich einer Krankenschwester, welche mich verwundert nach meinem Vorhaben fragte. Nach der Antwort war sie, glaube ich, noch verwunderter als zuvor.

Ich kämpfte mich durch! Und ich fand den Weg! Und ich klopfte um Punkt 11 Uhr an Arschloch-Doktors Tür!

So pünktlich bin ich in meinem ganzen Leben noch nie gewesen.

Er öffnete und bekam große Augen. Mir wurde klar, dass er niemals mit meinem Erscheinen gerechnet hatte. Ich empfand eine vage Genugtuung, wenn auch zu einem sehr hohen Preis. Der Weg war schon knackig.

Ich betrat die Höhle des Löwen. Auf einen Stuhl deutend, wies er mich an, Platz zu nehmen. Ebenfalls anwesend war eine sehr junge Krankenschwester, ich vermute, sie war sogar noch in Ausbildung. Sie hielt eine Nierenschale in der Hand und er begann, die ca. 30 Fäden von der rechten Seite aus zu entfernen. Durchschneiden, rausziehen, durchschneiden, rausziehen… Als er oben in der Mitte des Kopfes angelangt war, fragte er die junge Krankenschwester, ob sie nicht auch welche ziehen möchte. Immerhin fragte er mich zuvor um Erlaubnis, rechtlich sichert er sich ja stets ach so schön ab, das wissen wir ja jetzt.

Das Mädchen willigte ein, war aber so aufgeregt! Erst bekam ich kurz Angst, dass sie mir vor Aufregung die Schere in den Kopf rammen könnte. Sie meisterte es dann aber wirklich großartig, sehr sanft und sachte. Beim drittletzten Faden angelangt, verließ Arschloch-Doktor kommentarlos das Zimmer. Da war sie erneut so aufgeregt, kurzzeitig befürchtete ich, dass sie mir umkippt. Nicht mal aufhelfen hätte ich ihr können! Folglich blieb mir nur, sie zu bestärken: „Du brauchst nicht so aufgeregt sein, du machst das besser als dein Chef!“ Daraufhin strahlte sie wie ´ne Große.

Konzentriert, ja beinahe zärtlich, setzte sie ihre Arbeit fort und entfernte souverän die restlichen Fäden, als habe sie nie etwas anderes gemacht. Nachdem sie es geschafft hatte, überkam uns beide sichtlich ergriffen ein

Anflug von Stolz. Am liebsten hätte ich ihr auf die Schulter geklopft.

Zwei Wochen nach meiner Entlassung hatte ich einen Termin bei Oberarzt Dr. Zahme, um die Spangen des Kiefers zu entfernen. Als das vollbracht war, blickte er mich plötzlich verwundert an: „Herr Winkler, warten Sie mal, an Ihrem Kopf ist noch irgendetwas!" Er entdeckte, dass noch fünf Fäden in meinem Kopf waren! Und nein, nicht auf der linken Seite, sondern auf der rechten! Völlig versagt, der Herr Arschloch-Doktor!

Zusammenfassend kann ich sagen: Je höher die Menschen qualifiziert oder betitelt waren, desto lockerer waren sie. So zumindest meine Erfahrung.

Flügelhemd aus

Es war Ende Juni, es war ein schöner Sommer und ich lag im vierten Stock. Über das Bundeswehrkrankenhaus kann ich wirklich viel Gutes berichten, allein die Klimatisierung war nicht sonderlich ausgereift. Besonders in den ersten Tagen auf der Normalstation war mir bei der jetzt herrschenden Hitze pausenlos heiß. Ich schwitzte wie ein Affe. Permanent klebte das Flügelhemd aufdringlich an meinem abgemagerten Körper, der zusätzlich von einem dünnen, glänzenden Schweißfilm bedeckt war.

Um mir Linderung zu verschaffen, musste ich in dem überhitzten Raum mein Flügelhemd ab und zu halb ausziehen. Manchmal auch komplett. Und unter einem Flügelhemd hat man nichts an. Unterwäsche wäre für mich eh schwierig gewesen wegen meines externen Fixateurs. Auf jeden Fall hat halt auch mal etwas rausgeguckt. Ich habe kein Problem damit, wenn man meinen Penis sieht, in dieser Situation gleich dreimal nicht.

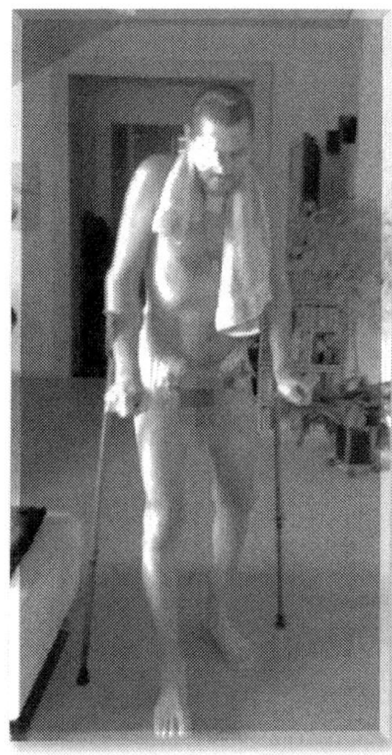

Auch daheim blieb ich oft, wie Gott mich schuf.

Eine ältere Krankenschwester trat in mein Zimmer, bemerkte meine Aufmachung und eskalierte völlig. Mit rasiermesserscharfer Stimme echauffierte sie sich über meine Aufmachung: „Wenn jetzt ein Arzt reinkommt, der denkt ja, hier gehe es zu wie in Sodom und Gomorrha!" Ich fand das besonders eindrücklich! Wenn sie selbst sich daran gestört hätte, ok! Das hätte ich durchaus verstanden. Aber ihre Begründung? Mädchen, ich habe ganz andere Probleme!

Sie ließ nicht mit sich reden, zog mich mürrisch wieder an. Dieses Spielchen spielten wir von nun an permanent. Ich zog das Flügelhemd aus, sie zog es an. Nur war es für sie leichter als für mich. Sie brauchte drei Minuten, ich gefühlte drei Stunden.

Battle Nr. 1: Luftröhrenschnitt zunähen

Den Luftröhrenschnitt nähten sie mir letztendlich in der Entlassungswoche präzise zu, ich schätze, es war am Donnerstag. Das ist eine ganz spezielle Geschichte: Die Luftröhre an und für sich ist wie ein harter Gummischlauch. In die schneidet man ein Kreuz, ein X, faltet die vier Ecken nach innen und näht diese leicht an, damit sie nicht wieder zuklappen. Das will ja zuheilen.

Ich betrat das Besprechungszimmer, es glich fast schon einem kleinen OP-Saal. Nachdem ich gebeten wurde, Platz zu nehmen, spritzte Dr. Zahme die Stellen mit einer örtlichen Betäubung ein – vier oder fünf Spritzen am Hals – das allein war sehr unangenehm! Dann ging es ans Eingemachte. Er löste die Fäden, ließ die Haut wieder ausklappen und nähte sie mit geschulten Bewegungen zusammen. Weh tat es nicht, nein, aber für mich so eindrücklich war das dabei entstehende, knautschige Geräusch.

Gleichzeitig entstand ein enormes Druckgefühl! Ich hatte das Gefühl, als ob einer mit der Fußsohle in meinem Hals steht! Minutenlang! Welch elende Belastung!

Selbst zwei Tage später spürte ich noch dieses leidige Druckgefühl.

Und dann dieser Angelhaken! Er nähte nicht mit einer gewöhnlichen Nadel, das Ding sieht aus wie ein Angelhaken, mit dem man Fische fängt. Immer und immer wieder zog er den Faden durch, immer und immer wieder hatte ich diesen silberglänzenden, halbrundgebogenen Angelhaken vor Augen, bevor er wieder in meinen Hals gestoßen wurde. Schnell entschied ich mich, meine Augen zusammengepresst zu lassen.

Später auf Station bat ich Annika, sie solle mal zu Dr. Zahme gehen und nachsehen, ob er noch beide Daumen habe. Fast war ich mir sicher, dass er sich seinen Daumen in meinen Hals genäht hatte! Ich bekam doch kaum Luft! Auch Schlucken war nach dem Zunähen zwei Tage lang schier unmöglich. Es war eine lange Zeit ein Gefühl wie abgedrückt, unbeschreiblich unangenehm!

Annika verstand mein Witzchen und lächelte mich verständnisvoll an, war sie ja immer sehr mitfühlend.

Wobei ich heute denke, dass dieses verständnisvolle und mitfühlende Lächeln, welches ich von so vielen als Reaktion erhielt, für mich vermehrt den Aspekt des Mitleids bekam. Und Mitleid kannst du auf Dauer nicht ertragen und wünschst dir Realität und Authentizität zurück.

In meinem Kopf findet seit dem Unfall eine Art Ranking um das schlimmste Ereignis statt. Drei Ereignisse konkurrieren hierbei um die Nummer eins der „Unangenehmsten Situation." Das Zunähen des Luftröhrenschnitts ist die erste. Ich nenne es meinen „Battle Nr. 1". Ja, es folgten noch zwei weitere, aber das ahnte ich zu jenem Zeitpunkt zum Glück noch nicht.

Entlassung

Nach dem Ziehen der Magensonde hätte ich meinen Hintern verwetten können, dass Arschloch-Doktor dafür sorgt, mich noch länger dazubehalten, unter dem Vorwand, mich hier unter besserer Beobachtung zu haben. Dem war nicht so.

Entgegen der anfänglichen Prognosen ging es nun doch recht schnell, dass ich entlassen wurde. Drei Komponenten griffen hierbei ineinander wie die Zahnräder eines Uhrwerks.

Erstens: Ich wollte unbedingt heim. Im Nachhinein beurteile ich das anders. Wenn's dir scheiße geht, spielt es kaum eine Rolle, ob es dir im Krankenhaus, daheim oder auf Hawaii scheiße geht. Doch zu dieser Zeit wollte ich einfach nur nach Hause.

Zweitens: Der initiale Heilungsprozess gestaltete sich längst nicht so langwierig wie zuerst vermutet, sondern schritt in erstaunlicher Geschwindigkeit voran. So wurde ich täglich mobiler, konnte täglich besser laufen, sogar schon kurze Strecken mit Krücken. Irgendwann kamen die Ärzte zu dem Schluss, dass ich von deren Seite austherapiert war und akut kein Krankenhaus mehr benötigte.

Drittens: Es hatte sich herumgesprochen, dass meine damals noch im gleichen Haus wohnende Schwägerin als Krankenschwester im Mutlanger Krankenhaus tätig ist. Das heißt, die Ärzte waren darüber im Bilde, dass im Falle eines Notfalls rasch ein Fachpersonal eingreifen konnte. Also beauftragte ich meine Schwägerin als Pflegedienst und sie kam täglich, um die Pins, die Hüftschrauben des externen Fixateurs, frisch zu verbinden und zu überprüfen. Eine Entzündung musste unter allen Umständen verhindert werden, da diese sich sonst auf den Knochen übertragen hätte.

Und so ließen sie mich schließlich gehen. Es war der 10. Juli 2015. Es waren keine drei Monate, wie anfangs prophezeit.

Ich war keine drei Wochen im Krankenhaus!

Sie entließen mich mit meinem externen Fixateur an der Hüfte.

Sie entließen mich mit Krücken.

Sie entließen mich mit Schmerzmitteln, sowie einem entsprechenden Magenschutz.

Sie entließen mich mit einer Mundspülung. Ich konnte die Zähne nicht putzen, nicht mal außen.

Sie entließen mich mit einem tauben Gesicht. Alles unterhalb der Kieferknochen war pelzig, tot. Meine Backen fühlten sich an, wie frisch vom Zahnarzt, nachdem man eine Lokalanästhesie erhalten hat.

Sie entließen mich mit einem abgeklebten Auge.

Sie entließen mich mit einem zugetackerten Kiefer.

Sie entließen mich mit einer Spezialschere. Diese musste ich aufgrund meines zugetackerten Kiefers vierundzwanzig Stunden am Tag, sieben Tage die Woche dabeihaben, griffbereit in einer schicken Verbandsschlaufe um den Hals hängend. Wenn ich nämlich hätte brechen müssen, hätte mir irgendjemand – wer auch immer – diese Drähte durchschneiden müssen, um zu verhindern, dass ich an meinem eigenen Erbrochen erstickt wäre. Auch auf die Gefahr eines erneuten Kieferbruchs hin.

Im offiziellen Entlassungsbericht steht: „Unterkiefer und Oberkiefer sind verdrahtet. Keine Mundöffnung möglich! Eine Drahtschere zum Durchtrennen der Verdrahtung muss vom Patienten immer mitgeführt werden!!!"

Da stand ich nun vor dem großen Krankenhauseingang, über mir ein strahlendblauer Sommerhimmel, der einen warmen Tag versprach. In tiefen Zügen zog ich die angenehm frische Luft ein, bevor ich in einen Krankentransporter stieg, welcher mich liegend nach Hause fuhr.

Auf der einen Seite war es ein gutes Gefühl, endlich das Krankenhaus zu verlassen. Aber das große, lang ersehnte Glücksgefühl wollte sich einfach nicht einstellen.

Denn auf der anderen Seite wurde mir im selben Moment schlagartig klar, dass nichts wieder so sein wird, wie es mal war. Zuhause mochte alles gleichgeblieben sein, doch war mein altes Leben in sich zusammengestürzt wie ein Kartenhaus.

Daheim angekommen. Kuscheln mit meiner Tochter auf dem Sofa.

Teil 3

Vor uns ein langer, weiter Weg

2015 – 2019

*(Zitat des Lieds „Hab keine Angst"
der Band Frei.Wild)*

Fehlende Informationspolitik

Belastend war und bleibt für mich, kaum Zugang zu Unterlagen zu haben, die mir Aufschluss darüber geben könnten, was mit mir alles gemacht wurde und auch darüber, was ich selbst alles gemacht habe.

Ein Problem dabei ist die dezentrale Dokumentenverwaltung in den Krankenhäusern. Die Papiere lagern in den jeweiligen Abteilungen. Gerade der Verlauf auf der Intensivstation wird ja von den Intensivpflegern minutiös handschriftlich erfasst. Stündlich wird dort ein genauer Verlaufsbericht geschrieben, wie meine Vitalwerte sind, welche Probleme ich geboten habe und welche Komplikationen es gab. Die tägliche handschriftliche Dokumentation einzusehen gelang mir bis heute nicht, gerade daran hätte ich jedoch ein starkes Interesse.

Hätte ich mittels eines Rechtsbeistandes Druck ausgeübt, wäre bestimmt jedes über mich als Patient geschriebene Schriftstück zugänglich gemacht worden.

Die Operationsberichte und die Arztbriefe wurden digital erstellt und konnten mir daher ausgedruckt werden. Aus denen kann ich jedoch kaum etwas herauslesen, was mir weiterhilft. Ja, es wäre langsam wirklich an der Zeit, dass sich ein Arzt mit mir hinsetzt und sagt: „Winkler komm her, dies und jenes ist passiert."

Was ist mit der viel umworbenen Aufklärung eines kompetenten Patienten? Muss die immer nur *vor* einem Eingriff stattfinden? In meinem Fall bestand zu diesem Zeitpunkt keine Möglichkeit. Auch bei der Entlassung wäre ich für eine derartige Besprechung sicher nicht in der Verfassung gewesen. Zu *irgendeinem* Zeitpunkt sollte sich jedoch ein Arzt in einem funktionierenden Gesundheitssystem bemühen, um mir durch den Dschungel von medizinischen Fachbegriffen zu helfen und mich wieder zum Herr der Lage werden lassen.

Allein von meiner neuen Zahnärztin erfuhr ich zum Beispiel, dass mein Kiefer komplett losgelöst war vom Rest. Keinerlei Verbindung. Allerdings erklärt mir das, dass ich vor der OP wahrhaftig entstellt gewesen bin.

Auswertung der Wachkoma-Erlebnisse

So kann ich eben nur mit den mir zur Verfügung stehenden Informationen versuchen, meine Wachkoma-Erlebnisse mit der Realität abzugleichen.

Erinnert ihr euch zum Beispiel an meinen zweiten Fluchtversuch, bei dem ich mich vorsichtig von sämtlichen Sensoren befreite, bis ich von einem plötzlichen und grausamen Erstickungsgefühl heimgesucht wurde?

Dieser Vorfall ist tatsächlich identisch mit der Wirklichkeit, was ich aber erst mitbekam, als ich bei der Nachuntersuchung beiläufig meine Krankenhausakte durchblätterte. Das ist es, was ich vorher zum Ausdruck bringen wollte: Durch diese scheinbar so banale Information fügt sich jetzt für mich aber wieder ein Puzzleteil hinzu und erklärt mir, was in beiden Welten parallel geschehen sein muss:

Am Anfang hat mein Flucht-Vorhaben super funktioniert: Ich entledigte mich sämtlicher Kabel und zog mir dabei die Nadel für die Infusion am rechten Handgelenk. Und jetzt wurde mir endlich klar, warum mir dann unvermittelt die Luft zum Atmen wegblieb: Ich zog mir in meinem Befreiungsversuch den Schlauch zum Luftröhrenschnitt und war daher am Ersticken!

Ja, jetzt kann ich das verstehen!

Bei den Sensoren wurde noch kein Alarm ausgelöst, aber als ich mir den Beatmungsschlauch am Hals gezogen habe, heulte in beiden Welten die Sirene los.

Ich selbst nahm einen Pfleger wahr, der meinte, Ersticken sei ein „scheiß Tod" und wenn ich nochmal zu fliehen versuche, lasse er mich verrecken. Hier bleibt mir nur die Hoffnung, dass diese Szene in echt so nicht stattgefunden hat.

Leider riss ich mir beim Ziehen der Nadel im Handgelenk ein Stück Vene mit heraus, was eine leichte Entzündung zur Folge hatte. Durch eine Fehlbehandlung entstand an besagter Stelle eine große, hässliche, wulstige Narbe. Meine einzige, die nicht unmittelbar durch den Unfall hervorgerufen wurde.

Entgegen meiner Erlebnisse im Wasserturm *(„Verwundert stelle ich das Fehlen meines Eheringes an meiner linken Hand fest.")* hatte ich meinen Ehering zu jeder Zeit an, sogar beim Röntgen, wie diverse Aufnahmen beweisen.

Ich bin mir absolut sicher, wahrgenommen zu haben, in einem Krankenhaus zu sein. Pfleger, Pflegerinnen und Ärzte spielen vermehrt mit, zudem schien ich das Flügelhemd gespürt zu haben.

Einem künstlich beatmeten Patienten wie mir legt man einen Schlauch in den Mundraum, welcher den gebildeten Speichel absaugt. Diese sogenannte subglottische Absaugung muss ungefähr alle zwei Sekunden erfolgen. War das Geräusch der Schnalzerin etwa irgendein medizinisches Gerät, gar dieses Absauggerät?

Ebenfalls bin ich mir sicher, wirklich sicher, dass ich bei dieser Stahlseil-Szene das Wort „Motorrad" von einer Visite aufschnappte und es bei mir in einem völlig anderen Kontext ankam.

Gerne vergleiche ich meine Situation mit der eines Dolmetschers, welcher zwischen den beiden „Welten“ saß und vermittelte.

Es war ein verdammt schlechter Dolmetscher!

Auch scheint es, dass ich die zweite OP irgendwie mit der Eier-OP verarbeitet habe.

Ein Fernseher tauchte sowohl in der Katzen- als auch in der Wellnessraum-Szene auf. In dem Raum, in dem ich im Wachkoma lag, befand sich aber kein solches Gerät. Lediglich ein Bildschirm, welcher meine Werte anzeigte. Allerdings spielt das kaum eine Rolle, war ich ja temporär eh blind wie ein Maulwurf. Ebenfalls beschreibe ich einen *„weißen, kleineren Tisch, ähnlich wie man sie aus Krankenhäusern kennt“*.

Habe ich aufgrund meiner Erfahrungen diese Gegenstände in meine Welt adaptiert? Oder hat mein Hirn sie etwa rückwirkend in den ersten Tagen nach dem Koma eingefügt, um gewisse Szenerien zu komplettieren? Ich weiß es nicht.

Mein Bruder brachte mir zeitnah seinen tragbaren CD Player ins Krankenhaus, aus dem sie Radio laufen ließen. Vielleicht lässt sich irgendeine Szene durch einen Radiobeitrag erklären, aber sicher nicht in der erlebten Form. Und jetzt zu einer für mich sehr bedeutsamen Frage:

Könnte an der Flügelhemd-Geschichte etwas Wahres dran sein?

Wir machen ja auch Witzchen in unserem Job als Lehrer. Ich wage zu behaupten, in *jedem* Job macht man Witze, wenn man´s bei Tage betrachtet.

Erst neulich las ich einen Bericht einer amerikanischen Ärztin, die tanzend und grimassenschneidend operierte, dies filmen ließ und später selbst ins Netz lud. Sie wollte vermitteln, dass Arbeit Spaß machen darf und nicht alles ständig bierernst zugehen muss. Sie erlebte einen wahren Shitstorm! Manche beschwerten sich tatsächlich, dass ihre OPs *nicht* erfolgreich verlaufen seien.

Oft denke ich: Die Wahrheit liegt in der Mitte. Zum einen finde ich, dass sie recht hat, man darf durchaus vieles locker nehmen. Zum anderen ist man in so einem Fall als betroffener Patient zurecht angesäuert.

Was ich damit sagen will:

Die Flügelhemd-Geschichte hätte so tatsächlich stattfinden können!

Und ich wäre bestimmt niemandem böse deswegen. Mit Sicherheit würde ich selbst ebenfalls auf alberne Ideen kommen.

Wie schon beim Unfallhergang selbst, wünschte ich mir auch für die Wachkoma-Zeit eine Videoaufnahme. Ja, wie gerne hätte ich eine Kamera gehabt, welche die Realität gefilmt hätte! Dass ich von außen betrachtet sehen könnte, was wirklich passiert ist. Ob die Flügelhemd-Geschichte stattfand oder ob sie *komplett* in meinem Kopf entstanden ist.

Die Grundidee ist sicher gut, die Umsetzung würde gewiss auf erhebliche Probleme stoßen. Zum einen würden durch das fehlende Einverständnis die Persönlichkeitsrechte des Wachkomapatienten verletzt werden.

Zum anderen würde man in einen Gewissenskonflikt geraten. Würde man um die Existenz der Aufnahmen wissen, würde man sie vielleicht sehen wollen, selbst wenn man eigentlich zunächst nicht interessiert gewesen wäre.

Des Weiteren ist in keiner Weise gewährleistet, dass es jedem Patienten von Nutzen sein würde. Nicht mal ich selbst kann mit Sicherheit sagen, was so ein Video in meiner Psyche auslösen würde – Ich sage nur, dass ich *denke*, dass es mir etwas helfen könnte.

Zum Schluss dieses Abgleiches bleibt mir nur noch zu erwähnen, dass ich fünf Tage lang im Koma lag. Fünf Tage, die ich selbst empfunden habe wie entsetzlich lange fünf Monate.

Kommentar Nahtod-Erlebnis

Meine Hausärztin führte ab Oktober 2015 eine Cranio-sacral-Therapie – eine ganzheitliche Therapie für die Bereiche Schädel und Kreuzbein – mit mir durch, aufgrund derer wir ins Gespräch über meine Wachkoma-Erlebnisse kamen. Über die anfängliche Szene im Wasserturm resultierte sie: „Ralph, das war eindeutig eine Nahtod-Erfahrung!". Da ich bewiesenermaßen kurzzeitig klinisch tot war und im Schockraum medikamentös reanimiert werden musste, wäre das durchaus denkbar.

Trotzdem möchte ich jenes himmlische Gefühl auf keinen Fall verherrlichen, nicht, dass jetzt jemand denkt, es sei „dort" besser als „hier". Nein, überhaupt nicht, dem möchte ich an dieser Stelle völlig widersprechen!

Wenn mich am Unfalltag jemand gefragt hätte: „Möchtest du einen Motorradunfall haben?", hätte ich geantwortet: „Nein!" – und trotzdem hatte ich einen.

Wenn mich jemand gefragt hätte: „Willst du heute sterben?“, wäre die Antwort dieselbe gewesen – und trotzdem war ich kurzzeitig klinisch tot.

Wenn mich in diesem Zwischenstadium nun jemand gefragt hätte: „Möchtest du zurückgehen? Dorthin zurück, wo du warst?“, wäre meine Antwort ebenfalls „Nein!“ gewesen – war es doch in jenem Moment dieses warme, weiche, getragene, unendliche Gefühl – und trotzdem wurde ich zurück ins Leben geholt.

Daraus schlussfolgernd behaupte ich:

Es ist einfach nicht unsere Entscheidung!

Manche mögen an Gott glauben, an ein Universum, an ein Schicksal, an Reinkarnation, jeder darf glauben, was er will. Wer weiß, wenn ich dortgeblieben wäre, wäre es vielleicht nur ein Durchgangsstadium gewesen und ich wäre noch an einem ganz anderen Ort gelandet, völlig gleichgültig, ob besser oder schlechter. Deshalb möchte ich an dieser Stelle auf keinen Fall behaupten, der Tod sei wunderbar! Überhaupt nicht. Das Gefühl war großartig, ja, aber ich möchte nicht, dass jemand leichtfertig mit meinem Bericht umgeht.

Vor meinem Unfall beschäftigte ich mich nicht mit Nahtod-Erfahrungen. Ich denke, das machen die wenigsten, bevor sie es am eigenen Körper erlebt haben. Selbst nach meinem Unfall befasste ich mich damit nicht intensiv, aber ich googelte zumindest ein wenig. Irgendwie interessierte mich, wie andere besagte Zeit empfunden haben.

Viele beschreiben, dass schon längst verstorbene Angehörige sie zurückbringen. Manchmal dabei einen sogar an der Hand nehmen und Sachen sagen wie: „Deine Zeit ist noch nicht gekommen.“ Das fehlt mir, dieses Zurückbringen. An so etwas kann ich mich nicht erinnern.

Faszinierend ist, dass dieses helle Licht, das ich gesehen habe, alle anderen ebenfalls sehen. Gleichzeitig empfinden ausnahmslos alle dieses schwerelose, warme, mollige Gefühl.

Von einem durch Herzlungenmassage reanimierten Kind las ich einen interessanten Bericht. Das Kind wachte auf, schaute seine Mutter an und bekam Tränen in die Augen. Seine verzweifelten ersten Worte waren: „Warum habt ihr mich zurückgeholt? Es war so schön dort, wo ich war!“ Seine Mutter verlor schier den Glauben, konnte seine Reaktion in keiner Weise nachvollziehen, war sie doch so froh, es wieder am Leben zu sehen.

Man könnte zu der Vermutung gelangen, die Nahtod-Erfahrungen seien gesellschaftlich indoktriniert. Aber nein, sie sind weltweit nahezu identisch und sogar altersunabhängig. Es existieren Berichte von Kindern indigener Völker, die in ihrem Leben noch nie etwas von Nahtod gehört haben, und die genau dasselbe beschreiben wie erwachsene Menschen aus Industriestaaten. Ich finde das unglaublich interessant.

Wappenschild

Erst eine Probeleserin kam auf die eigentlich so naheliegende Idee, nach dem von mir so detailliert in Erinnerung gebliebenen Wappen der Nahtod-Wasserturm-Szene zu recherchieren. Zur Erinnerung meine Beschreibung:

„Dieses Lederschild ist in drei Zonen geteilt: Einmal mittig von oben nach unten und das rechte Feld einmal horizontal zur Hälfte. Im rechten oberen Teil sind drei unterschiedlich große Kreuze und im unteren drei Bäume aufgemalt. Die linke Hälfte ist vollständig leer."

„Mein" Wappen

Wappen der Stadt Lehr

Quelle: https://de.wikipedia.org/wiki/Lehr_(Ulm), 15.12.2018

Und wisst ihr, was das rechts ist? Das Wappen der Stadt Lehr, einem Ulmer Stadtteil, welcher direkt neben dem auf dem Eselsberg befindlichen Bundeswehrkrankenhaus liegt.

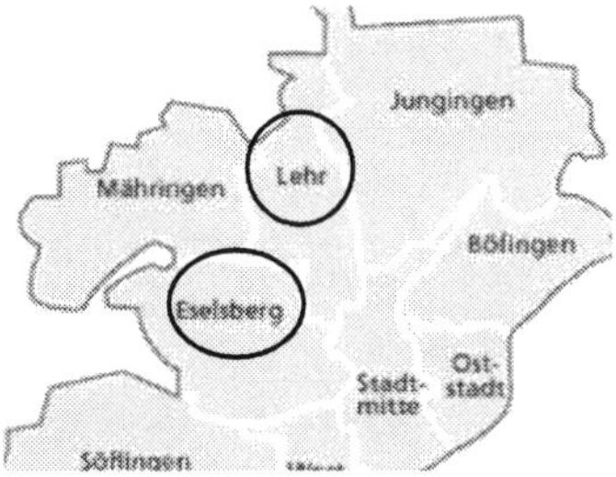

Klar, Beschreibung und Wappen sind nicht identisch, aber eine gewisse Ähnlichkeit ist doch nicht von der Hand zu weisen, oder? Die drei Bäume unten – hier stimmt sogar die Anzahl – und das Kreuzmotiv oben? Kann es sich hierbei um einen Zufall handeln? Oder ist mir das Wappen gar in dem aus Ulm kommenden Hubschrauber begegnet? Hatte es ein Rettungssanitäter an die Uniform genäht? Hing irgendwo ein Sticker, Poster, Bild? Bewusst begegnet ist es mir nie.

Entfernung der Kieferfixierung

Doch wie ging es bei mir nun nach der Entlassung aus dem Krankenhaus weiter? Eine Woche später sollte zum ersten Mal mein Kiefer geöffnet werden. Nach insgesamt vier Wochen der unnachgiebigen Fixierung! Niesen und Gähnen waren besonders vertrackt, hatte ich doch keine Chance auf auch nur einen einzigen Millimeter Bewegung. So bekam ebenfalls die Redensart „Die Zähne zusammenbeißen" für mich in dieser Zeit eine völlig neue Bedeutung.

Zuerst einmal bestand die Kieferfixierung aus acht Schrauben. Vier waren in den Ober- und vier in den Unterkiefer geschraubt, wonach sie mit Drähten fest verbunden wurden. Fünf dieser acht Schrauben sieht man unten links auf dem Bild, gut erkennbar an der Öffnung für die Verdrahtung.

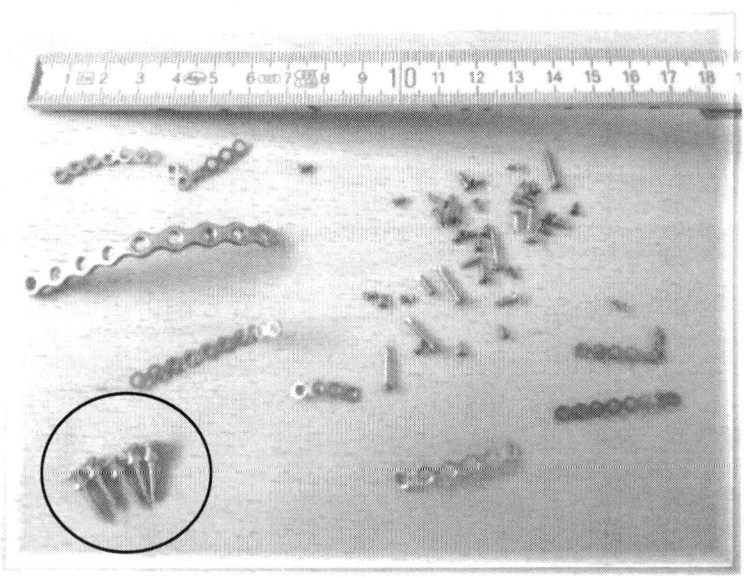

Die Lochplatten wiederum wurden mit diesen Schrauben im Kiefer verankert. Nachdem die Kiefer selbst noch durch das Zahnfleisch hindurch mit Nadel und Faden zusammengenäht wurden, goss man abschließend das gesamte Gebiss mit einer Kunststoffmasse aus, welche mich an den Gebissabdruck beim Kieferorthopäden erinnerte. Ein zarter Farbton, irgendetwas zwischen rosa und orange. Im Grunde genommen war die gesamte Fixierung somit eine Kombination aus Gebissschutz und fester Spange.

Nun ging es also ums Entfernen. Da ich noch nicht viel spürte in diesem unverändert tauben Bereich, verabreichten sie mir lediglich eine Art betäubendes Mundwasser.

Ein Draht nach dem anderen wurde aufgezwickt und durch das Zahnfleisch herausgezogen, wobei die rosa-orange Kunststoffmasse in meinem Mund Stück für Stück zerbröselte. Es war ein Gefühl, als wäre ich gerade mit einem guten Löffel voll Kieselsteinen gefüttert worden!

Unglaublich krass war das dabei entstehende Geräusch. Es hörte sich an, als ob man mit einem wuchtigem Bolzenschneider erbarmungslos unzählige Stahlschlösser durchzwicken würde. Jedes Mal war es wie ein riesen Schlag, der durch die Knochen ungefiltert direkt ins Gehör ging.

Eine Gänsehaut auf meinen Armen zeugte von meiner inneren Anspannung, meinem Frösteln und meinen blankliegenden Nerven.

Ich, erneut hilflos liegend, dachte mir nur: „Wer hätte denn all die Drähte mit der mir mitgegebenen Schere aufbrechen sollen im Falle meines Erbrechens?“ Ich wäre halt doch elendig am eigenen Erbrochenen erstickt! Beim besten Willen sehe ich keinen um mich herum, der das wirklich gemacht hätte. Nein, der das machen hätte *können.* Gott sei Dank ist man sich seiner Situation oft erst im Nachhinein bewusst! Auch keiner meiner Liebsten hat realisiert, dass sein Einsatz in dieser Weise gefragt gewesen wäre!

Die Lochplatten im Kiefer blieben drin, sie wurden ein Jahr später in einer weiteren Operation entfernt.

Dieses Mal entließen sie mich mit einer Tüte voller Holzspatel, wie man sie von Untersuchungen im Mundbereich kennt.

Mit ihrer Hilfe musste ich lernen, meinen Kiefer wieder selbständig zu öffnen. Vergleichbar, wie wenn man nach einem komplizierten Beinbruch das Laufen neu erlernen muss.

Anfangs schob ich fünf Stäbchen in den Mund und harrte damit mehrere Minuten lang aus. Eine Woche später steckte ich zwischen die fünf Stäbchen ein sechstes, um den Kiefer mechanisch aufzuspreizen und zu dehnen. Angenehm war das nicht!

Erster Kieferdehnversuch mit fünf Holzstäbchen.

Mir war durchaus bewusst, dass es besonders langatmig wird, sobald ein Gelenk in eine Verletzung involviert ist. Pro Woche schaffte ich durchschnittlich einen einzigen Millimeter, über zwanzig jedoch

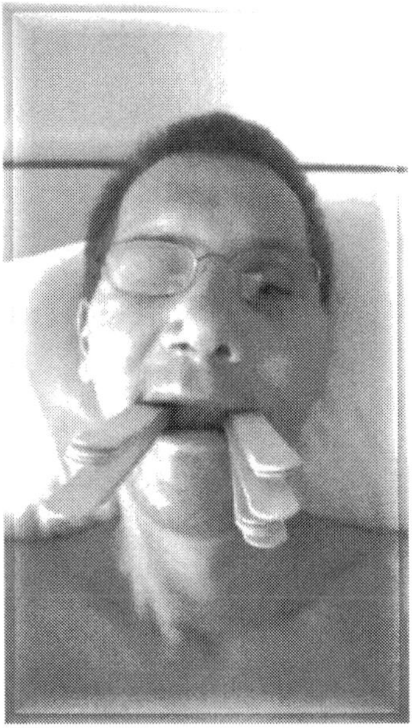

waren mein Ziel. Nun könnt ihr euch in etwa ausrechnen, wie zäh sich dieser Prozess hingezogen hat.

Die ersten Essvorgänge kann man kaum als solche betiteln. Nein, mit Essen hatte das eigentlich nichts zu tun. Wochenlang standen vor allem Rühreier und weiches Toastbrot auf meinem Speiseplan. Kennt ihr den Film „Die Fliege"? Hier verwandelt sich der Protagonist in eine Art Menschenfliege, die seine Nahrung mit Speichel auflöst und dann einsaugt. So ähnlich habe ich mich gefühlt.

Abgelenkt durch die vielen anderen Verletzungen und einer generellen Schwerfälligkeit meines Körpers, registrierte ich das fehlende Geschmacksempfinden zu jener Zeit überhaupt nicht.

Das Endergebnis des Kiefers: Der durchschnittliche Mitteleuropäer bekommt Zeige- Mittel- *und* Ringfinger hochkant in den Mund. Probiert´s mal aus!

Meine eigene Mundöffnung erlaubt mir nur noch Zeige- und Mittelfinger – mit viel Müh und Not. Ärzte und ich stimmen darin überein, dass wir relativ zufrieden sind mit diesem Ergebnis. Es ist mehr, als wir zu hoffen gewagt hatten.

Die kleineren Burger der gängigen Fastfood-Ketten muss ich gewiss etwas zusammendrücken, die größeren kann man ja selbst ohne Kieferprobleme kaum beißen und muss sie fast mit Messer und Gabel bezwingen.

Beim Essen eines Apfels wiederum merke ich es immens. Wie ein Mäuschen muss ich anfangen einzelne Fetzen herauszureißen. Bestimmt sieht das recht witzig aus. Wenn ich erst eine Fläche freigelegt habe, kann ich ein größeres Stück herausbeißen. Im Zweifelsfall schneide ich mir ein paar Schnitzchen. Wie Mama früher.

Battle Nr. 2: Entfernung externer Fixateur

Zu meiner ersten Nachuntersuchung des Kiefers beging ich einen fatalen Fehler. Statt abermals auf den Krankentransport zurückzugreifen, ließ ich mich von meiner Frau fahren. Schon allein das Ein- und Aussteigen war nicht einfach, geschweige denn die Fahrt an sich. Ich sag´s euch! Allein die kleinste Unebenheit, die kleinste Bodenwelle bekam ich schmerzhaft zu spüren, vor allem am Becken. *Es ist unglaublich, wie weh das tat!* Unsägliche Schmerzen durchströmten mich.

Geplant war, meinen externen Fixateur – das äußere Metallgestell zur Stabilisierung meines Beckenbodens – nach sechs Wochen abzumontieren. Am Montag, 10. August 2015, wäre der Termin gewesen. Fünf Tage zuvor ereilten mich starke Schmerzen auf der linken Seite, auf der ich nicht mal mehr im weichen Bett liegen konnte. Eingetroffen war, was befürchtet wurde: An einem der linken Pins – so nennt man diese Schrauben – zeigte sich eine Hautrötung: Eine Entzündung manifestierte sich! Akut war die Gefahr einer Übertragung in die Kochen.

Und eine Entzündung im Knochen braucht kein Mensch.

Die Schrauben gingen direkt durch das Fleisch in den Beckenboden. Ihr erinnert euch: Die Symphyse sollte wieder zusammenwachsen.

Ratsuchend begab ich mich zu meinem Hausarzt, welcher mich direkt weiter nach Ulm überwies. Beim Betreten der Klinik wunderte ich mich noch, warum mir der seit jeher verhasste, übersättigende Geruch von Desinfektionsmittel nicht in die Nase stieg.

Anhand der Röntgenaufnahmen wurde ersichtlich, dass der Heilungsprozess mittlerweile recht weit vorangeschritten war. Daher beschlossen die Ärzte, den Fixateur hier und jetzt zu entfernen.

Als ich den behandelnden Arzt möglichst beiläufig fragte, wie die Stelle betäubt wird, schaute er mich nur ausdruckslos an: „Überhaupt nicht!" Ich traute meinen Ohren kaum! Mein frisch geöffneter Kiefer klappte im Rahmen seiner Möglichkeiten nach unten, zeitgleich traten mir schier die Augen aus dem Kopf. In jenem Moment war es nicht unpraktisch, dass sie etwas tiefer saßen als früher.

Meinen entgleisten Gesichtsausdruck bemerkend, fügte er achselzuckend hinzu: „Man kann sie nicht betäuben!" Dabei spiegelte seine Mimik eine Mischung aus Mitleid und Entschlossenheit wieder.

Sehr schmerzhaft sei vor allem die Knochenhaut und die könne man nicht betäuben – zumindest nicht mittels einer Spritze – sondern lediglich das Gewebe. Deshalb würde eine örtliche Betäubung erst gar keinen Sinn machen. Die einzige Betäubungsmöglichkeit sei eine Vollnarkose, welche aufgrund ihrer enormen Belastung für den Körper nicht zur Debatte stand.

Ein Anflug von Panik übermannte mich, gefolgt von einem eiskalten Schauer, der meinen gesamten Körper erreichte. Sie wollten das Metallgestell entfernen, während ich bei vollem Bewusstsein war? All meine Willenskraft musste ich aufbieten, um den Raum nicht fluchtartig zu verlassen. Bestrebt, mir meine Angst nicht anmerken zu lassen, gab ich jedoch bereitwillig mein OK. Man will ja kein Weichei sein.

Bereits das Lösen der äußeren Schrauben an den Haltern war mehr als nur unangenehm. Sie waren so stark festgezogen, dass die Krankenschwester sie nicht auf Anhieb aufbekam. Ein Arzt musste unterstützend eingreifen und sie unter Einsatz all seiner Kräfte aufzerren. Schnell bereute ich mein voreiliges Einverständnis.

Innerlich vor Schmerzen kreischend, verschwammen sämtliche Konturen vor meinen Augen. Krampfhaft ballte ich meine Fäuste und merkte, wie meine Atmung flacher und schneller wurde. Als ich spürte, wie eine Ader wild an meiner Stirn zu pochen begann, wurde mir klar, dass ich außerstande war, meine Schmerzen zu unterdrücken.

Es ist unglaublich, wie weh das tat!

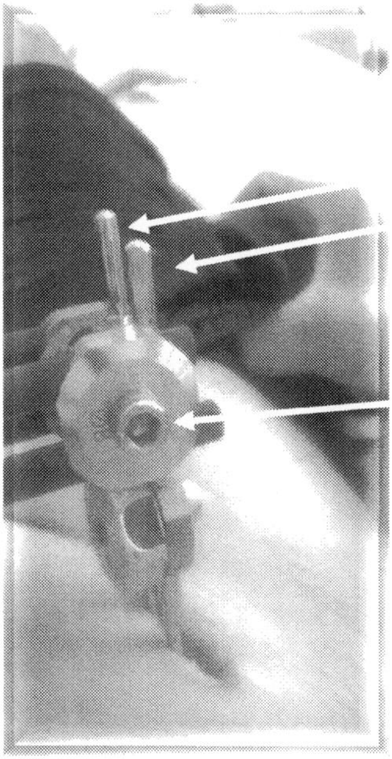

Zwei der vier Pins, direkt in den Beckenboden.

Äußere Schrauben an den Haltern.

Nachdem endlich eine Seite erfolgreich gelöst war – ich mit den Nerven schon restlos am Ende – rüttelte der Arzt an den Pins, um zu prüfen, ob sich der Beckenring bewegt. Tat er nicht. Also konnte mit dem Lösen der zweiten Halterung fortgefahren werden. Auch dieser war kaum zu öffnen. Die Schraube saß fest. *Es ist unglaublich, wie weh das tat!*

Danach versicherte mir der Arzt, das Schlimmste überstanden zu haben, was aber nicht merklich dazu beitragen konnte, meine Anspannung zu mindern. Er selbst wird noch nie einen externen Fixateur gehabt haben und Menschen empfinden Schmerzen sehr subjektiv.

Nun ging er an den ersten der vier Pins. *Das gibt's gar nicht, wie weh das tat!*

Die erneuten Schmerzen hatten meinen Körper fest im Griff. Als er drei Pins entfernt hatte, musste ich mir gegenüber schweißgebadet zugeben, bisher gedacht zu haben, das Zunähen des Luftröhrenschnitts sei das Schlimmste gewesen. Jetzt aber musste ich dies überdenken.

Zuhause habe ich einen Urinaldeckel. Als ich einmal zum Pinkeln ging, öffnete ich ihn zu schwungvoll und haute ihn mir mit voller Wucht gegen den Fixateur. Es war ein Gefühl, als ob mir jemand das ganze Becken herausgerissen hätte! *Das gibt's gar nicht, wie weh das tat!*

Meine Schmerzen erkennend, kündete der Arzt eine kurze Verschnaufpause an. Vielleicht nicht ganz erwartungsgemäß erwiderte ich „Wenn du jetzt eine Pause machst, fasst du mich nicht mehr an! Dann geh ich heim mitsamt dem Pin!" Falls er sich überrumpelt fühlte durch das Geduztwerden und meine Worte, lies er es sich auf jeden Fall kaum anmerken und setzte seine Arbeit wie gewünscht ohne Unterbrechung fort.

Doch wie befürchtet, stellte der vierte Pin alles Vorherige in den Schatten. Qualen von nie zuvor erlebter Intensität überfluteten mich. Kurzzeitig fühlte ich mich der Ohnmacht nahe! Gefühlt schwitzte ich drei Liter Schweiß, war kurz davor, nach meiner Mama zu rufen. Am liebsten wäre ich in meiner Liege verschwunden wie ein Geist.

Nach getaner Arbeit schloss ich erschöpft die Augen. Nur zögernd entkrampften sich meine Fäuste und mein Herzschlag brauchte lange, um zu einem gesunden Rhythmus zurückzufinden.

Nur langsam wich der kalte Schmerz einem warmen Glücksgefühl. Mit einem gequälten Lächeln lag ich schwer atmend in den weichen Kissen und fühlte mich wie nach einem Marathonlauf bei 35 Grad Hitze.

Ja, jetzt war ich glücklich, wieder einen Schritt weiter zu sein.

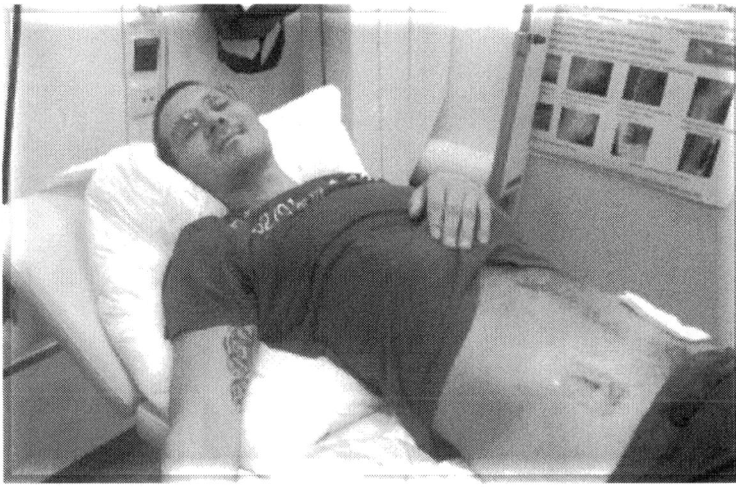

Die Entfernung des Fixateurs nominierte ich hiermit ebenfalls für die „Schmerzhafteste Situation". Mein persönlicher Battle Nr. 2.

Schließlich ließ das Adrenalin jedoch nach und ich spürte meinen ganzen Körper zittern.

Ich spürte das Zittern meiner Hände, als ich sie ausstreckte, um die zwei Pins entgegenzunehmen.

Ich spürte das Zittern meiner Füße, als ich versuchte aufzustehen.

Die Schrauben des Kiefers sowie die Pins des externen Fixateurs verwahre ich heute noch zuhause. Wenn irgendwann mal schlechte Zeiten kommen, verkauf ich sie, das Material ist bestimmt etwas wert.

Probleme mit dem Becken habe ich heute keine, in diesem Bereich bin ich nochmal glimpflich davongekommen.

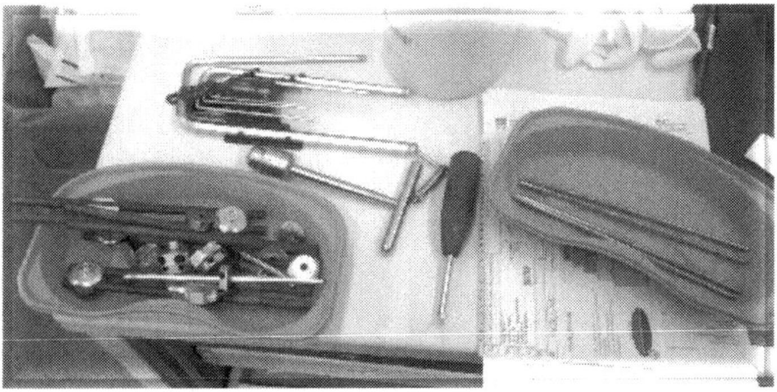

Alle Bestandteile des externen Fixateurs.

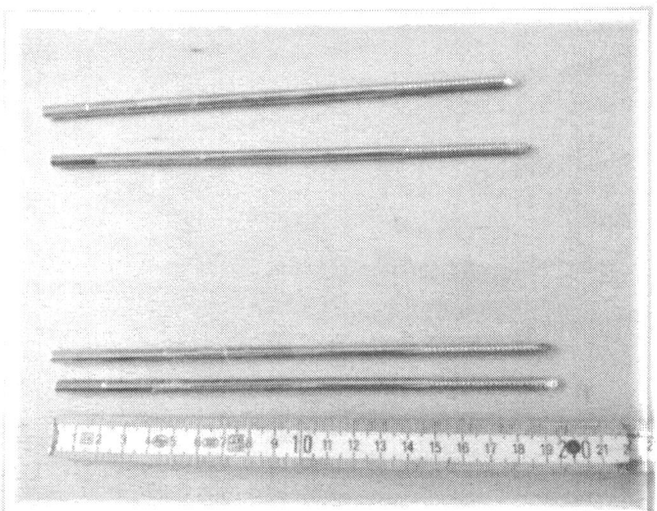

Die vier 19cm langen Pins, die in den Becken-boden geführt hatten.

Reha 1: Bad Buchau

Anfang der kommenden Woche begab ich mich in die Rehaklinik Bad Buchau. Eine sehr anerkannte Einrichtung mit dem Schwerpunkt Orthopädie.

Allerdings ging ich eher bedrückt dorthin, war ich doch so ungern allein! Und wo lag mein Zimmer? Erneut im vierten Stock! Für jemanden, der psychisch gerade viel zu verarbeiten hat, vielleicht nicht ganz ideal. Naja. War ich allein im Zimmer, lastete sofort eine unheimliche Stille über mir. Die erste Nacht war echt blöde!

Mit Krücken konnte ich ja bereits gehen. Ziel war aber das selbständige Gehen. Daher bekam ich viel Massagen, viel Fangopackungen, viel Physiotherapie, viel Bewegungstherapie. In dem ovalen Therapiebecken – das warme Wasser ging mir ungefähr bis zur Brust – war in der Mitte eine Insel mit zwei Torbögen. Durch den Wasserauftrieb konnte ich mich dort selbst ohne Krücken gut vorwärtsbewegen. So bin ich gelaufen. Kilometerweit. Stundenlang. Ich kämpfte wie ein Löwe! Morgens zwei Stunden lang und mittags oder abends zwei Stunden lang.

Auf diese Weise bewegte ich mich viel zu der Zeit, der Weg zum Essen war obendrein nicht gerade kurz. Das Buffet sah übrigens superlecker aus, da ich aber weder etwas roch noch etwas schmeckte, war es, als würfe man Perlen vor die Säue.

Auszug aus meinem unregelmäßig geführten, digitalen Unfalltagebuch vom 14.08.2015

„Täglich mind. 3-mal Kiefer dehnen

Essen leider immer noch eine Tortur. Sehr langsam. Anstrengend, ohne Geschmack und linksseitig ohne Gefühl. Essen fällt immer in die Backen. Vor allem nachts Nase immer wieder komplett zu trotz Spülungen in der Dusche."

Als meine Reha-Zeit sich allmählich dem Ende zuneigte, schrieb ich einen Brief an die Hinterbliebenen des Rollerfahrers. Der Familie mein Beileid zu bekunden war mir ein wichtiges Anliegen. Auch zum Aufarbeiten. Die Schuldgefühle waren nicht aus der Luft gegriffen. Ich war nicht nur unaufmerksam, sondern offensichtlich ebenfalls zu schnell.

Ein wenig schuldlindernd – falls man das so sagen kann – wirkt sich auf mich aus, dass er mir wohl die Vorfahrt genommen hat, sowie die von einem Gutachter festgestellte Tatsache, dass der Rollerfahrer alkoholisiert war. Jedoch nicht stark: 0,6 Promille.

Vier Wochen verbrachte ich in der Reha-Einrichtung. Im Nachhinein betrachtet war dieser Zeitrahmen zu kurz, mindestens doppelt so lange hätte ich mir Zeit geben sollen. Aber ich wollte nicht länger nachts allein sein, erneut wollte ich einfach heim. Aus heutiger Sicht betrachtet weiß ich gar nicht so genau, warum. Zeit für meine Gesundheit wäre doch das gewesen, was ich am dringendsten gebraucht hätte.

Oberschenkelhalsbruch – Gehen heute

Bei meiner Reha-Entlassung war ich zwar nicht krückenfrei, aber mein Bewegungsapparat funktionierte wesentlich besser.

Um meinen Körper zu entlasten, empfahlen mir die Ärzte, die Krücken noch eine Zeit lang unterstützend zu verwenden, es sei besser fürs Gang- bzw. Schrittbild.

Die mir verordnete Krankengymnastik trat ich bewusst im Nachbarort an. Hatte ich auf Schusters Rappen die zwei Kilometer dorthin zurückgelegt, absolvierte ich meine Übungen und lief dann Schritt für Schritt wieder heim. Den Blick in doppelter Bedeutung immer nach vorne gerichtet. Dabei genoss ich es, wenn mir die warme Sonne übers Gesicht strich.

Natürlich schlug ich kein zügiges Tempo an. Angst begleitete mich, mein ramponiertes Bein könnte unter mir nachgeben. Auch war mein Gang bestimmt nicht kraftvoll und geschmeidig, drückte jedoch Entschlossenheit aus.

Trotz der Anstrengungen nahm ich diese Spaziergänge als positive Abwechslung wahr. Auch waren sie zielführend: Zusehends wurde ich sicherer und siehe da: Nach sechs Wochen war ich auf keinerlei Gehhilfen mehr angewiesen!

Gehen an sich bereitet mir heute keinerlei Probleme. Sitze ich jedoch längere Zeit, komme ich beim Aufstehen wie ein alter Mann daher. Schwer heben kann ich nicht mehr und Rennen oder Joggen ist schlicht und ergreifend passé. Wenn ich eine unbedachte Bewegung mache, habe ich Angst, dass mein Bein mich nicht mehr trägt oder dass wieder etwas kaputtgeht und ich zu Boden stürze. Obwohl das Blödsinn ist, der Nagel hält ja besser als alles andere. Trotzdem bewege ich mich zuweilen mit einer gewissen Vorsicht und manch einer vermisst bei meinem Gangbild meine einstige Unbeschwertheit.

Die dynamische Hüftschraube gehört nun endlich entfernt. Kann gut sein, dass sie direkt durch ein künstliches Hüftgelenk ersetzt wird. Die Hüftschraube an sich stört mich gar nicht, jedoch die zwei seitlichen Nägel. Einem künstlichen Hüftgelenk sagt man heutzutage eine Lebensdauer von mind. 25 Jahren nach. Um diese Prozedur nicht ein weiteres Mal über mich ergehen lassen zu müssen, schiebe ich jenen Schritt so lange wie möglich auf.

Tagebuchauszug 2 vom 13.09.2015

„Bin jetzt seit vier Tagen von der Reha zurück. Ja, es war sehr effektiv für meinen Bewegungsapparat, mein Becken ist wohl stabil, der Oberschenkel wird besser, allerdings schmerzt der noch etwas und vor allem die Beweglichkeit ist noch sehr stark eingeschränkt. Wird wahrscheinlich auch nicht mehr so wie früher werden. Leider sieht es an der Baustelle oben am Kopf nicht so toll aus. Die Öffnung des Kiefers hat seit so ca. zwei Wochen stagniert. Zähne haben sich noch nicht ans Nervensystem angeschlossen. Essen ist sehr schmerzhaft, da der Druck von den Zähnen voll auf die ganzen gebrochenen Knochen im Gesicht geht. Naja und beim Essen, weder Geschmacks- noch Geruchssinn ist vorhanden. Meine Nase schmerzt sehr und vor allem bitzelt die wie verrückt. Leider ist mein Auge rechts immer noch nicht bereit, ordentlich mitzumachen, verweigert völlig den Dienst. Dann ist noch die linke Schulter, die taub ist und eine ganz ekelhaft schmerzende Narbe an der rechten Hand, einen Hautausschlag habe ich mir noch dazu geholt. Außerdem ist mein Energielevel nicht wirklich berauschend.

Also alles in allem sieht es nicht schlecht aus, aber von gut sind wir noch etwas entfernt. Ich bin aber schon dankbar für diese Verbesserungen in kleinen Schritten. Ich kann laufen und bin klar im Kopf und alles andere kommt auch wieder, da bin ich soooooo fest überzeugt."

Zeit nach der Reha

Nach der Reha fiel ich in ein tiefes Loch. Triste Tage waren angebrochen. Das Wetter war vom Sommer in einen milden Herbst übergegangen, ich selbst hingegen fühlte mich wie in einem langen und kalten Winter ohne Aussicht auf Frühling. Zwar tat es gut, wieder zu Hause zu sein, aber ich sah keinen Sinn mehr im Leben.

Hatte keine Aufgabe.

Nichts schien von Bedeutung.

Fühlte mich innerlich gebrochen.

Verloren war mein einstiger Optimismus.

Versuchte verzweifelt, etwas von dem Schwebezustand zurückzugewinnen, welcher mich während meiner Nahtod-Erfahrung getragen hatte. Dieser warme Gedanke hatte sich zu meinem psychischen Rettungsanker entwickelt. Dann fühlte ich, wie Kraft in mich hineinströmte und mich innerlich stärkte.

Meine Unzufriedenheit steigerte sich täglich. Fühlte mich immer isolierter.

Zeit ohne Ende, meinen trüben Gedanken nachzuhängen.

Unschlüssig, wie es weiter gehen soll, verfiel ich in eine Depression, aus der mich niemand herauszuholen vermochte.

Schuldgefühle lasteten schwer auf mir, kaum vermochte ich sie zu tragen. Wünschte mir, sie könnten sich in Nichts auflösen wie zäher Herbstnebel am Morgen.

Die Frage nach dem Unfallhergang hing schwer in der Luft.

Fühlte mich wertlos wie Müll.

Kann es mir da jemand vorwerfen, dass Alkohol ein Thema wurde? Trank abends gerne zwei, drei, vier, fünf

Bier. Steigerte sich immer mehr. Durchwärmte mich angenehm. Ließ mich vergessen. Betäubte sowohl meine seelischen als auch meine körperlichen Schmerzen. Je mehr Bier floss, desto lockerer wurde ich und meine Anspannung begann sich zu lösen. Mein Arzt war verständigt, aber was sollte er großartig tun?

Daheim kam es vermehrt zu Streit. Anfeindungen. Meine angestaute Unzufriedenheit brach oft eruptiv aus mir hervor. Machte mir nur selten die Mühe, meine Stimme zu senken. Die Luft war angereichert mit Frustration.

Nichts, was mein Umfeld sagte oder unternahm, vermochte meine Seele zu heilen oder meine Stimmung zu heben. Ja, ich war unfähig, in den Worten anderer Trost zu finden. Ich wollte mich nur noch in mein Bett verkriechen und mir die Decke über den Kopf ziehen. Aber nicht mal das brachte mir Frieden. Noch nie zuvor fühlte ich mich so erbärmlich.

Sehr nachlässig wurde ich mit dem Essen, ernährte mich fast ausschließlich von Fresubin – energiegeladener Flüssigkost. Im Krankenhaus war meine Nahrungsaufnahme streng unter Kontrolle, zudem achteten die Schwestern darauf, dass ich mich viel bewegte. Meine Frau Carmen schaute schon nach mir, aber für mich war das anders als bei einer Pflegerin, ihr fehlte schlicht und ergreifend ein Druckmittel.

Hilfe und Rettung bot mir mein Psychotherapeut, in dessen Behandlung ich mich seit dem Unfall befand. Mein Elend bemerkend, empfahl er mir im Oktober 2015 einen stationären Aufenthalt in einer psychosomatischen Klinik, welchen ich aber noch lange hinauszögerte. Ich dachte mir: „Hm. So viel ist passiert, jetzt will ich nicht auch noch in die Klapse.“ Die Zeit strich dahin und ich siechte vor mich hin.

Meine Frau war seit dem Unfall daheim. Insgesamt bestimmt drei Monate. Hat sich krankschreiben lassen. Trotzdem fühlte ich mich allein.

Ich war nicht mehr der, der ich mal war. Zur Untätigkeit verdammt, konnte ich nichts mehr werkeln. Konnte keine Küche mehr putzen, konnte nicht mehr im Haushalt helfen, nicht mehr am Motorrad schrauben, nicht mehr meiner Arbeit nachgehen, gar nichts. Einen alten Scheiß konnte ich. Out of order.

Augen

Bisher war ich der Meinung, das Auge sei wie ein harter Glaskörper, tatsächlich ist es eher geleeartig. Die Augenform selbst wird geprägt durch vier in alle Himmelsrichtungen verlaufende Muskeln.

Mein rechter Augenmuskel am rechten Auge wurde so stark beschädigt, dass er seinen Dienst komplett einstellte. Dies hatte zwei Auswirkungen: Erstens schaute mein Auge immer starr nach links. Immer. Es ließ sich nicht mehr bewegen. Zweitens: Daraus resultierend veränderte sich meine Augapfelform, weshalb ich schielte, Doppelbilder sah.

Meine linke Augenöffnung war nun größer und runder, meine rechte kleiner und wie zusammengekniffen. Des Weiteren wurden beide Lidmuskeln schwer in Mitleidenschaft gezogen. Einer wurde gedehnt, der andere wurde verkürzt, weshalb die Augenform sich deutlich unterschied.

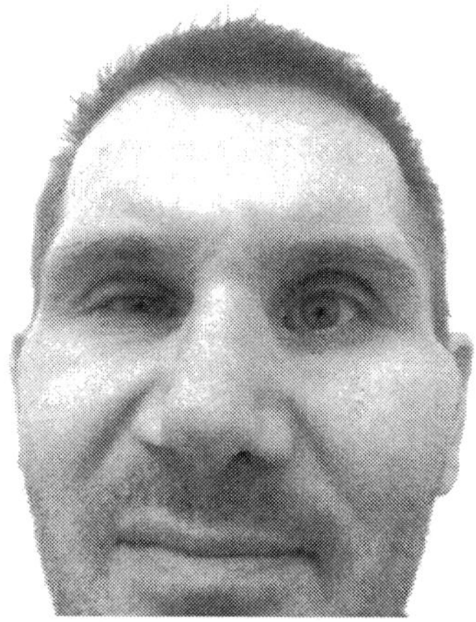

Augapfel und Augenlid mussten operativ korrigiert werden. In Gießen gibt es eine Uniklinik, welche mir wärmstens empfohlen wurde. Meinen ersten Termin hatte ich vier Tage vor Weihnachten 2015, eigentlich nur zu einer Vorbesprechung. Da ich dafür eine fünfstündige Zugfahrt in Kauf nehmen musste, reiste ich bereits einen Tag früher an und quartierte mich in ein Hotelzimmer ein. Gerade aufgrund meiner schlechten Augen konnte ich zu diesem Zeitpunkt noch nicht selbst Auto fahren, erst recht nicht so weite Strecken.

War es glücklicher Zufall oder Schicksal? Das Gespräch nahm einen sehr erfreulichen Verlauf und plötzlich ging alles ganz schnell. Ein Termin ist freigeworden und ich wurde gefragt, ob ich nicht gleich am nächsten Tag operiert werden möchte. Ich musste nicht lange überlegen. Natürlich wollte ich! Frische Kleidung und Zahnbürste hatte ich ja zum Glück dabei. So wurde ich zum vierten Mal nach meinem Unfall unters Messer gelegt.

Und wieder Vollnarkose, Pflegepersonal, Fernseher, Nachtkästchen, Flügelhemd.

Ziel war erstmal, das rechte Auge geradezustellen. Hierzu entfernten sie den rechten und den linken seitlichen Augenmuskel, falteten beide, um sie zu kürzen, und nähten sie wieder an. Somit konnte mein Schielen behoben werden. Allerdings nur, sofern ich geradeaus schaue. Blicke ich nach rechts, schiele ich unverändert, ebenso wie in extremen Blickwinkeln: stark nach oben oder stark nach unten. Das ist einfach vorbei.

Vom Prinzip her machten sie Ähnliches bei zwei folgenden OPs: Es ging immer um eine Feinjustierung, immer an einer anderen Stelle.

Die zweite Augen-OP fand am 26. Juli 2016 statt, bei der beide Augen operiert wurden, jeweils ein einziger Muskel. Rechtes Auge links und linkes Auge rechts. Beide Augen gleichzeitig ist normalerweise nicht üblich, da im Falle einer Infektion beide Augen betroffen wären, aber hier hat sich die behandelnde Ärztin dafür entschieden.

Und wieder Vollnarkose, Pflegepersonal, Fernseher, Nachtkästchen, Flügelhemd.

In der dritten und bisher letzten Augen-OP Ende 2016 korrigierten sie das rechte Augenlid, damit es sich nach oben weiter öffnen lässt. Es bedeckte meine Pupille ein Stück weit. Für die Optik wäre eine Korrektur nach unten ebenfalls wünschenswert gewesen, aber das Risiko, dass sich das Auge danach nicht mehr vollständig schließen lässt, war zu groß.

OP Nummer acht. Und wieder Vollnarkose, Pflegepersonal, Fernseher, Nachtkästchen, Flügelhemd.

Zwischen diesen beiden Augen-OPs mussten übrigens noch die Platten meines Schlüsselbeinbruchs, den ich mir unmittelbar *vor* dem Unfall bei einem Sturz zugezogen hatte, entfernt werden.

Und wieder Vollnarkose, Pflegepersonal, Fernseher, Nachtkästchen, Flügelhemd.

Grundlegend steckte ich alle OPs recht gut weg, es gibt Menschen, die dabei viel mehr Probleme haben. Aber ich merkte schon, vor allem jetzt nach diesen neun OPs in 17 Monaten – 2016 wurden die OPs gefühlt im wochenrhythmus durchgeführt – dass ich immer länger brauchte, bis ich wieder einigermaßen auf den Beinen war. Die Eingriffe wurden immer kräftezehrender. Meinem sonst so eisernen Magen setzten die vielen Vollnarkosen langsam richtig zu.

Seit einigen Monaten hatte ich meine Arbeit als Lehrer wieder aufgenommen – dazu später mehr. Aber so hatte jede OP eine immer längere Zeit der Arbeitsunfähigkeit zur Folge, manchmal bis zu vier Wochen.

Bis heute habe ich Probleme mit den Augen, sie sind oft entzündet, häufiger links als rechts. Mehrmals täglich befindet sich dieser weißgelbliche „Sand" im Auge, wahrscheinlich arbeitet ein ganzes Sandmännchen für mich allein. Ursächlich hierfür ist vermutlich die eingedrückte Lage des Augapfels. Vor allem in den Augenhöhlen empfinde ich zeitweise einen stechenden und brennenden Schmerz.

Auch meine Sehkraft verschlechterte sich vehement, hinzu summieren sich teilweise Gesichtsfeldausfälle. Nach dem heutigen Stand der Technik bin ich aber austherapiert. Zudem birgt jede Operation Risiken, nicht nur einer Infektion oder eines Todesfalls, sondern auch einer Verschlechterung.

Autofahren

Viel Zeit musste verstreichen, bis ich zum ersten Mal wieder imstande war, selbst Auto zu fahren. Ich behaupte mal, im Jahr 2015 fuhr ich überhaupt nicht. Erst nach meiner ersten Augen-OP Ende Dezember 2015, die mein Schielen behob, traute ich mir kurze Strecken zu. Zu den drei OPs nach Gießen jedoch wählte ich jedes Mal den Zug.

Die Unfallstrecke selbst stellte für mich viele Monate ein unüberwindbares Hindernis dar. Bewusst nahm ich lange einen Umweg in Kauf, um sie zu vermeiden. Seit geraumer Zeit fahre ich sie wieder. Ungern. Die bewusste Erinnerung fehlt mir zwar, aber ich *weiß*, dass es dort war. Und ich fühle es. Dass ich an dieser Stelle beinahe den Tod gefunden hätte.

Jedes Mal pocht mein Herz schneller.

Jedes Mal bekomme ich feuchte Hände.

Jedes Mal setzt sich unwillkürlich ein unbarmherziges Gedankenkino in Gang. Jedes Mal.

So passiert es durchaus, dass ich unvermittelt in Tränen ausbreche.

Strafbefehl

Gut ein halbes Jahr nach dem Unfall, am 10.02.2016, erreichte mich der Strafbefehl, in dem ich beschuldigt wurde,

„durch Fahrlässigkeit den Tod eines Menschen verursacht zu haben, strafbar als fahrlässige Tötung."

Der Satz, der sitzt. Hat sich tief in mir verankert. Ist emotional sehr stark hängengeblieben. Wühlt jedes Mal dunkle Emotionen auf. Nicht bewusst, nicht geplant, nicht gewollt, aber ja, ich habe jemandem das Leben genommen.

Strafbefehl bedeutet, dass es keine Gerichtsverhandlung gibt, sondern dieser von einem Richter und Staatsanwalt festgesetzt wurde. Es gab nun drei Handlungsmöglichkeiten: Erstens: Man kann es akzeptieren. Zweitens: Erklärt man sich mit den Anschuldigungen einverstanden, nicht jedoch mit dem Strafmaß, kann man Einspruch erheben und es besteht die Möglichkeit einer Strafminderung. Eine Erhöhung muss man nicht befürchten. Drittens: Lehnt man den Strafbefehl gänzlich ab, folgt eine Gerichtsverhandlung.

Dieser Strafbefehl ist eine Art vereinfachtes Rechtsverfahren, wenn der Fall relativ klar ist, was bei uns aufgrund meiner überhohten Geschwindigkeit zutraf.

Ich bekam vier Monate Haftstrafe auf Bewährung. Sprich, mir blieb die Wahl zwischen einem viermonatigen Gefängnisaufenthalt oder einer Geldstrafe von 120 Tagessätzen à 35 Euro. Die Wahl fiel auf die Geldstrafe. Hinzu addierten sich noch 2700 Euro Sachverständigen-Vergütung für das Gutachten, was eine Gesamtsumme von 6900 Euro ergab.

Der Strafbefehl an sich kam nicht unerwartet, da gegen mich bereits eine Strafverfolgung wegen fahrlässiger Tötung eingeleitet wurde. Bereits am Tag des Unfalls gab ein Staatsanwalt routinemäßig eine Vermeidbarkeitsstudie in Auftrag. Hierbei sollte ein Gutachter feststellen, inwiefern der Unfall hätte verhindert werden können.

Mein Anwalt tätigte nach dem Erhalt des Strafbefehls ein Telefonat mit dem Richter und bat ihn um Herabsetzungen auf 80 Tagessätze, verbunden mit einer Erhöhung des vergleichsweise niedrigen Tagessatzes, sodass es finanziell auf das gleiche herausgekommen wäre. Um eine Herabsetzung des Geldbetrages ging es uns nämlich nicht, so wäre ich aber nicht vorbestraft gewesen. Der Richter riet allerdings davon ab, Einspruch zu erheben. Diesem Rat folgte mein Anwalt.

Könne ich das Urteil so nicht akzeptieren, hätte ich es auf eine Gerichtsverhandlung ankommen lassen müssen. Das wollte ich unter keinen Umständen, wäre der Ausgang auf Basis meiner erhöhten Geschwindigkeit auch völlig ungewiss gewesen.

Nachdem ich mich versichert hatte, beamtenrechtlich nichts befürchten zu müssen, akzeptierte ich schlussendlich den Strafbefehl. So steht der Tatbestand der fahrlässigen Tötung jetzt zehn Jahr lange in meiner Akte.

Arbeit als Lehrer

Es waren keine sieben Monate nach dem Unfall vergangen, als ich meinen ersten Arbeitstag antrat: Nach den Winterferien, im Januar 2016, nahm ich meine Lehrtätigkeit im Rahmen einer Wiedereingliederung mit 50% wieder auf.

Vorerst war die Reduzierung angesetzt bis zum Schuljahresende 2015/2016, sie wurde dann um anderthalb Jahre verlängert. Da die Reduzierung nicht ewig andauern konnte, entschied ich mich im Schuljahr 2017/2018 mit einem mulmigen Gefühl im Magen für die Aufstockung auf 100%.

Mein Gefühl sollte Recht behalten: Nur ein halbes Jahr hielt ich durch. Ich bemühte mich nach Kräften, war jedoch kaum in der Lage, zwei oder drei Wochen am Stück zu unterrichten: Es war die Zeit der vielen Klinikaufenthalte, ein Zustand, der weder Schulleitung, Kollegen, Schüler noch mich selbst glücklich stimmte. Nicht lange, und ich stellte fest: Es ging nicht mehr!

Nach dem Aufenthalt in einer Traumaklinik Ende des Jahres 2017, fing ich wieder mit 50% an.

Mittlerweile wurde das halbe Deputat dieser zweiten Wiedereingliederung in eine Teildienstunfähigkeit umgewandelt. Diese nun dauerhafte Reduzierung der Arbeitszeit ist für mich gut zu bewältigen. Hundert Prozent geht nicht, das ist mir zu anstrengend, mit dem Unfall kam mir meine für mich so typische Ausdauer abhanden. Null Prozent geht ebenfalls nicht, sonst verliere ich mich.

Mit dem Unfall selbst gehe ich in meinen Klassen offensiv um. In den ersten Stunden erzähle ich viel davon, zeige Bilder. Die Schüler nehmen das sehr positiv auf und zeigen sich sehr interessiert.

Meine Geschwindigkeit war zu hoch, da erheben schon einige Schüler und andere Mitmenschen den zumindest gedachten Zeigefinger. Andere zweifeln auch fühlbar meine Geschwindigkeit an. In solchen Situationen merke ich, dass die im Kopf haben: „Ja von wegen 110! 200 waren es Minimum!"

Automatisch kommt die Frage, wie die unzähligen Brüche in meinem Gesicht gerichtet wurden. Jedes Mal frage ich ernst: „Willst du es wirklich wissen? Wenn ja, wird es etwas schauderhaft!" Wenn ich dann von dem Gesichtshaut-Abrollen berichte, schreien schon einige auf und halten sich die Hände an die Wangen. Das liegt absolut nicht in meiner Absicht, ich möchte keine Alpträume verursachen!

Ein blödes Wort fiel nie.

Battle Nr. 3

Fast ein Jahr nach dem Unfall wurden 8 der insgesamt 25 im ganzen Gesicht eingesetzten Lochplatten entfernt, nämlich die aus dem Kiefer. Das übernahm wieder das Ulmer BWK.

Und wieder Vollnarkose, Pflegepersonal, Fernseher, Nachtkästchen, Flügelhemd.

Die anderen 17 Platten werden wohl mein Leben lang drinbleiben, da man zum Entfernen wieder die Gesichtshaut abrollen müsste. Auch die einzige Kiefergelenkplatte hätte man noch mit Ach und Krach durch den Mund entfernen können, jedoch bestand die Gefahr, dass der Schaden danach größer wäre als der Nutzen. Daher ließen und lassen sie diese, wo sie ist.

Im Zuge derselben OP korrigierten sie meine Nasenscheidewand. Dazu schnitten sie die Nase unten auf, zogen entsprechendes Knorpelgewebe heraus, stampften es platt, schnitten es zurecht und schoben es wieder hinein. Ob das üblich ist, weiß ich nicht, aber bei mir nähten sie noch zwei Silikonstäbchen mit ein. Abschließend steckten sie mir XXXL Tampons in die Nase. Elefantenkuhgröße. Ohne Witz. Sogar diese blauen Bändchen hingen raus, welche mir dekorativ auf den Nasenrücken geklebt wurden.

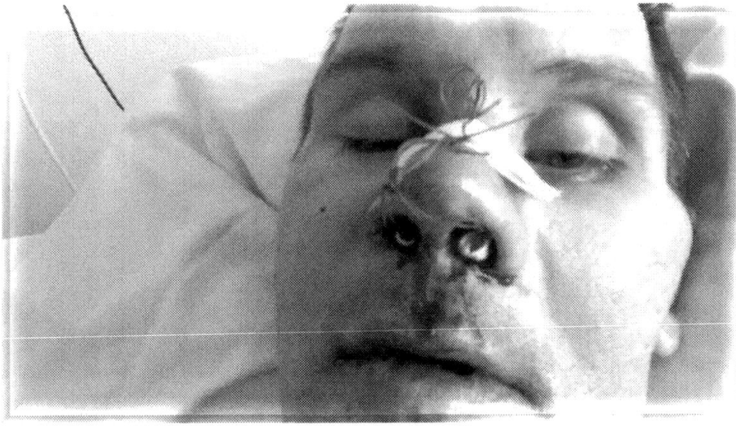

Mein Lieblingsbild. Ironie Ende.

Bei der Nachuntersuchung wenige Tage später beugte sich der Arzt über mich, nachdem er seine Ärmel hochgekrempelt hatte, und löste vorsichtig die Bändchen von der Nase. Da dachte ich mir noch nichts dabei.

Diese Bändchen in den Fingern haltend, drückte er mir eine Nierenschale in die Hand und wies mich an, tief ein- und auszuatmen. Da dachte ich mir auch noch nichts dabei.

Wie mir angewiesen, atmete ich tief ein und beim Ausatmen riss der Arzt ohne Vorwarnung diese Elefantenkuhtampons mit einem kräftigen Ruck aus meiner Nase. Ohne mit der Wimper zu zucken.

In einer jähen Aufwallung von Erschrecken umklammerte ich die Nierenschale so fest, dass meine Finger zu schmerzen begannen. Ehe ich mich versah, lagen diese Tampons vor mir. Gebraucht, lecker.

Viele Male musste ich tief Luft holen und gründlich durchatmen, ehe sich mein Herzschlag wieder beruhigte. Doch damit nicht genug. Nachdem der Arzt die spitzeste aller Scheren ausgesucht hatte, fuhr er damit in meine sensible Nase. Innerlich eh schon verkrampft, musste ich hilflos über mich ergehen lassen, wie er die Fäden durchtrennte und gefühlt in Zeitlupengeschwindigkeit diese Silikonröhrchen aus der Nase schnitt.

Jetzt wisst ihr bestimmt, dass einem augenblicklich die Tränen in die Augen schießen, wenn man mit einem spitzen Gegenstand in die Nase fährt und darin pult. Ich kann euch versichern, dass der Tränenfluss sich multipliziert, sobald es jemand anderes ausführt. So ist es nicht verwunderlich, dass mir die salzige Flüssigkeit in jener Situation in Strömen über die Wangen lief. Ich wollte nur noch weg.

Als es endlich geschafft war, entfuhr mir ein tiefer Seufzer, welcher mir meine abfallende Anspannung bewusstmachte. Die Schmerzen waren in dieser Situation nicht einmal das Schlimmste. Dieses über alle Maße Unangenehme war es, was diesem Ereignis die Nominierung einbrachte. Mein persönlicher Battle Nr. 3.

Einige Zeit nahm es in Anspruch, diese Erfahrung halbwegs zu verdauen, noch lange lagen mir die Erinnerungen schwer im Magen.

Ich bin noch nicht einig mit mir, welcher der „Battles" am schlimmsten war. Die drei Situationen streiten sich quasi noch intern um Platz eins.

Schmecken und Riechen

Lange Zeit war ich viel zu sehr mit anderen Körperbaustellen beschäftigt. Mir ist schlicht und ergreifend nicht aufgefallen, dass ich weder schmecken noch riechen kann – dachte, wenn überhaupt, an etwas Vorübergehendes. Ich täuschte mich.

Nun aber war die Zeit gekommen, in der mich die Frage, ob ich schmecke oder nicht, nicht losließ und darauf wollte ich nun eine Antwort. So trat ich einen Selbstversuch an, indem ich zuerst Salz- und dann Zuckerwasser testete.

Nichts.
Ich schmeckte nichts!

Mir blieb fast die Luft weg. Entsetzt stand ich nun da wie vom Donner gerührt. Ein eiskalter Gedanke schoss mir durch den Kopf: *Sollte ich etwa niemals wieder etwas riechen, niemals wieder etwas schmecken können?*

Zuerst vermuteten die Ärzte eine temporäre Nervensache, aber ein halbes Jahr später bestätigte ein HNO-Spezialist den schon lange gewonnenen Verdacht des Totalausfalls. Bestürzt musste ich erkennen, dass das die bittere Wahrheit war. Das letzte Fünkchen Hoffnung war gestorben.

Dass diesem Verlust bereits so viele andere Torturen vorausgegangen waren, erschwerte mir die Verarbeitung in hohem Maße.

Unklar ist die genaue Ursache, mehrere sind möglich: Der Geschmack sitzt auf der Zunge. Man nimmt an, dass die seitlichen Nervenstränge, welche von der Zunge Richtung Gehirn verlaufen, verletzt wurden.

Gleichzeitig mutmaßt man, dass die sogenannten Riechzentren, welche siebartig hinter den Augenhöhlen sitzen, zertrümmert wurden.

Und als letztes, dass die an die Hirnhaut anknüpfenden Nerven abgerissen wurden. Einmal abgerissen, wachsen sie einfach nicht *durch* die Hirnhaut, sondern *an* die Hirnhaut an. Sie sind quasi an der falschen Stelle wieder angewachsen.

Selbst wenn ein Signal, ausgesendet von Nase oder Zunge, ankommt, würde es im Nirvana verschwinden. Wie die zwei Königskinder, die nicht beisammensein konnten. Bei ihnen war´s der See, der sie trennte, bei meinen Nerven ist es die Hirnhaut. Geschuldet ist dies definitiv dem immensen Zusammenprall. Meine Nase – sein Hinterkopf. Helm an Helm.

Unglaublich fehlt mir der Geschmack einer Ananas. Ich liebte den Geschmack von Ananas! Sie schmeckt nicht immer gleich, wisst ihr das? Sie hat eine große Bandbreite an Geschmäckern zu bieten, kann von zuckersüß und klebrig, bis zu sauer und fasrig schmecken. Wenn ich heute eine Ananas esse, ruft mein Kopf ab, dass es wie eine Ananas schmeckt, aber ich weiß nicht, wie sie *tatsächlich* schmeckt. Das Geschmackserlebnis fehlt mir völlig.

Ich liebte den Geschmack von Himbeeren. Es fehlt mir, eine Himbeere oder einen Himbeerjoghurt zu essen und dabei zu spüren, wie er schmeckt. Kaufe ich einen Joghurt, kaufe ich *keinen* Erdbeerjoghurt, kaufe ich *keinen* Kirschjoghurt. Ich kaufe einen Himbeerjoghurt, weil der halt so lecker ist.

Gehasst habe ich die Essiggurken auf Burger oder Leberkäsbrötchen. Kaufe ich mir heute ein Leberkäsbrötchen oder einen Burger, kommt die Gurke automatisch runter.

Ja, die Gerichte, die ich früher gerne aß, bevorzuge ich heute noch. Auch meine Gewohnheiten blieben durch den Totalverlust unverändert. Im Alltag lässt er mich jedoch unsicher und unbedacht werden.

Beispielsweise brachten mir eines Abends meine Kumpels einen Döner mit, erst in der Nacht machte sich mir seine Schärfe bemerkbar.

Stets bin ich mir unsicher, ob die Milch im Café Latte, den ich meinen Gästen anbiete, sauer ist oder nicht, obwohl ich sie seit dem Unfall extra im Kühlschrank aufbewahre.

Beim Essen habe ich mich halbwegs mit dem Verlust abgefunden. Nur noch selten sehe ich das dargebotene Essen an und empfinde dabei eine tiefe Traurigkeit.

Allerdings rückte das Thema Essen sehr in den Hintergrund, wurde etwas vollkommen Unwichtiges. Manchmal esse ich erst, wenn mir schwindlig wird. Seit dem Unfall habe ich kein wirkliches Hungergefühl mehr verspürt. Mit dem fehlenden Genuss ging auch die Freude am Essen verloren. Ja, Essen ohne Schmecken ist möglich, aber sinnlos.

Es hat durchaus auch Vorteile: Einmal war ich auf einem Geburtstag und das Brot zum Gulasch ging aus. Da nahm ich einfach einen Muffin, höhlte ihn aus und träufelte das Gulasch hinein.

Den Beruf des Kochs könnte ich auf jeden Fall nicht mehr ausüben, selbst nur für Freunde zu kochen ist passé.

Weitaus mehr belastet mich der Totalverlust meines Geruchssinns. Es ist ein Verlust ohnegleichen.

Ich liebte den Geruch von Sommerregen. Wenn es wochenlang nicht geregnet hat und es endlich so weit ist, riecht das *hammermäßig*. Das ist weg.

Kennt ihr den Roman „Das Parfum" von Patrick Süßkind? Ja, Menschen haben einen Geruch, der individuell sehr verschieden sein kann, und Geruchsstoffe, sogenannte Pheromone, spielen bekanntermaßen eine große Rolle beim Sympathisieren mit jemandem oder bei der unterbewussten Ablehnung eines Gegenübers.

Andauernd habe ich das starke Gefühl, hierdurch viel zu verpassen und in der Zwischenmenschlichkeit Defizite aufzuweisen.

Ich liebte den Geruch der Haare einer Frau.

Ich liebte es zu küssen. Doch mein Liebesleben wird nicht nur durch meine taube Oberlippe beeinträchtigt, ebenfalls fehlt mir der intime Geruch und Geschmack einer Frau. Dadurch gingen hier gleichzeitig Reiz und Befriedigung verloren.

Klar sind die Gerüche in meinem Hirn abgespeichert, aber ich darf sie nicht neu erleben. Manche sagen, ich solle froh sein, sie überhaupt jemals erlebt haben zu dürfen. Da stellt sich die Frage: Was ist leichter: Wenn man blind auf die Welt kommt oder wenn man das Augenlicht verliert? Fakt ist: Mir fehlt etwas, das ich mal hatte. Und ich würde wirklich gerne wieder riechen. Ja, riechen ist eine Sinneswahrnehmung von unschätzbarem Wert.

Sogar die negativen Gerüche fehlen mir, fliegen unbemerkt an mir vorbei. Neulich war ich mit drei Bekannten spazieren, ein Landwirt fuhr Gülle. Meine Kumpels unterhielten sich lebhaft über diesen Gestank und ich war in jenem Moment außen vor. Hier geht es ganz profan um Präsenz. Wenn ich allein über ein Feld laufe, ist es mir egal, ob ich Gülle rieche oder nicht. Aber wenn jemand dabei ist und es anspricht, fehlt mir diese Sinneswahrnehmung und ich fühle mich isoliert. Das macht es schwer.

Selbst der Geruch, wenn einer meiner Schüler einen fahren lässt, fehlt mir. Zehn Jungs im Alter zwischen 16 und 18 Jahren sitzen zusammen und einer lässt einen fahren. Da ist Party im Haus! Der erste zieht sein T-Shirt über die Nase und sagt: „BOAH Alter!", der zweite sagt: „Ich war´s nicht!", der dritte zitiert den Spruch: „Wer hat den Furz zuerst gerochen, dem ist er aus dem Arsch gekrochen." Es ist plötzlich eine wilde Kommunikation im Raum. Ich bin da raus!

Tja, entweder es kommt wieder oder es kommt nicht wieder. Jetzt ist es fast vier Jahre her, es käme einer kleinen Sensation gleich, wenn sich noch was verändern würde. Wenn ihr mich fragt, ist das unwiederbringlich verloren.

Mit Bestimmtheit weiß ich aber nur, dass *alle drei* Komponenten wiederkommen müssten. Im Grunde genommen ist das wie beim Auto, du brauchst einen Motor, du brauchst ein Getriebe und du brauchst Räder. Nur mit einem allein kannst du nicht fahren. Die Riechzentren könnten sich eventuell zurückentwickeln, die Nerven sowieso, aber die Nerven an der Hirnhaut eher nicht. Aber wer weiß, man hat ja schon Pferde kotzen sehen.

Vereinzelt habe ich bei sehr extremen Gerüchen, an die ich mich erinnere, das Gefühl, dass mein Geruchssinn zurückkommt: bei einem frisch gemahlenen Kaffee oder einem frisch gesprühten Deodorant. Aber dann *stinkt* alles. Riecht wirklich übel. Nach Fäkalien. Das macht es nicht angenehmer. Ob das eine Art Phantomschmerz ist?

Eustachische Röhre

Vor allem beim Abtauchen hat man doch einen sich ständig vergrößernden Druck auf den Ohren. Dann hilft es, sich die Nase zuzuhalten und zu versuchen, durch diese auszuatmen. Das dadurch typische entstehende Knacksen im Ohr erzeugt einen Druckausgleich. Jener Druckausgleich funktioniert bei mir nicht mehr richtig, allein wenn ich viel rede – und das ist oft der Fall – baut er sich auf. Hauptsächlich auf dem rechten Ohr. Verantwortlich für den Druckausgleich ist die eustachische Röhre, eine Verbindungsröhre zwischen Nase, Gaumen und Mundraum.

Die Röhre ist wie ein Gartenschlauch, welcher bei mir verengt ist, weshalb der Druckausgleich nicht stattfinden kann. Daher musste sie in einer OP aufgebogen und aufgedehnt werden. Ärzte fahren mit einer Art Luftballon durch die Nase oder den Mund hinein und blasen ihn mit 10 bar auf, pffffft. Gleichzeitig blasen sie die Röhre mit auf, pffffft, in der Hoffnung, dass diese geweitet bleibt nach Ablassen der Luft. Das ist ein Ding von zehn Minuten.

Die erste Operation war im Juli 2016.

Und wieder Krankenhaus, Vollnarkose, Pflegepersonal, Fernseher, Nachtkästchen, Flügelhemd.

Da dieser Versuch erfolglos blieb, unternahm man fünf Monate später den zweiten.

Und wieder Krankenhaus, Vollnarkose, Pflegepersonal, Fernseher, Nachtkästchen, Flügelhemd.

Zwar hatte sich der Druckausgleich zunächst gebessert, allerdings merkte ich bereits nach kurzer Zeit wieder vermehrt einen sich aufbauenden Druck im Ohr.

Das Problem ist, dass sie die Operation der eustachischen Röhre höchstes drei Mal durchführen. Das heißt, mir bleibt jetzt noch ein Versuch und das war´s dann. Da ich tatsächlich nur wenig zuversichtlich bin, ja, sogar Angst vor Verschlechterungen habe, schiebe ich diese OP bis auf Weiteres hinaus.

Leider blieb das nicht die einzige Baustelle am Gehör. Mit der Zeit bemerkte ich einen niemals enden wollenden Pfeifton. Wie schon dem fehlenden Riechen und Schmecken maß ich ihm anfangs kaum eine Bedeutung bei, aber irgendwann musste ich mich auch dieser Tatsache stellen: Ein Tinnitus!

Ich höre den Pfeifton jeden Morgen, jeden Mittag, jeden Abend. Beim Einkaufen, beim Duschen, beim Arbeiten, wenn ich allein bin und wenn ich unter Freunden bin. Ausnahmslos immer.

Er stresst mich massiv, ist lästig wie das surrende Geräusch einer kleinen Stechmücke beim Einschlafen. Und so unermüdlich wie einst die Jongleurin und die Schnalzerin. Es zerrt unglaublich an meinen Nerven, gestaltet sich als eine weitere Zerreißprobe.

An einem Abend im Urlaub war es besonders schlimm! Da war das Piepsen so ekelhaft, dass mein Ohr anfing zu pulsieren. Ein regelrecht pochender Schmerz. Das setzt mir schwer zu.

Rechts ist er pausenlos vorhanden, ein monotoner Pfeifton. Links ist er nicht immer zugegen, dieser gesellt sich oft nach dem Aufstehen morgens in der gleichen Frequenz und der gleichen Lautstärke eine Zeitlang hinzu.

Korrektur Nasenflügel – Nase heute

In einer weiteren OP musste mein rechter Nasenflügel korrigiert werden, da er recht eingefallen war und ich dadurch an Atemproblemen litt.

Sage und schreibe OP Nummer elf! Und wieder Krankenhaus, Vollnarkose, Pflegepersonal, Fernseher, Nachtkästchen, Flügelhemd.

Das eingesetzte Implantat erinnert sehr an eine flügelartige Nasenklemme.

Die in der eingereichten Rechnung geschilderten Operationsmaßnahmen wiesen wohl Merkmale auf, die so in der Regel nur bei kosmetischen Operationen abgerechnet werden, welche selbstverständlich nicht versichert gewesen wäre.

Noch ehe ich mich von dieser Operation erholen konnte, versuchte mir die Krankenkasse hier nach meinem gesichtsentstellenden Unfall statt einer notwendigen Rekonstruktion erstmal eine Schönheits-OP zu unterstellen! Unglaublich!

Glücklicherweise konnten meine Ärzte die Notwendigkeit des Eingriffs bestätigen und der Versicherung diese Flausen austreiben.

Meine Atemsituation konnte durch den operativen Eingriff verbessert werden. Allerdings leide ich seit dieser Zeit an einem unangenehmen Fremdkörpergefühl. Meine Nase fühlt sich an wie eine dicke, fette Knolle im Gesicht. Vom Regen direkt in die Traufe!

Wie es meiner Nase sonst geht? Ich würde sagen suboptimal. Das als Inlay konzipierte Implantat wächst leider heraus und überragt mittlerweile meine Nasenhöhle minimal, was sich bei Berührung spitzig anfühlt, fast wie ein metallischer Widerhaken.

Massive Probleme bereitet mir mein linkes Nasenloch. Ständig ist es verstopft. Wenn ich aber die Nase kräftig putze, bekomme ich starkes Nasenbluten, vor allem nachts. Kräftig muss ich aber putzen, damit überhaupt etwas rauskommt. Ein Teufelskreis.

Jetzt stellt sich die große Frage, welche Operationen noch möglich sind, unter Beachtung der Tatsache, dass jede weitere OP vor allem den Schleimhäuten vehement zusetzt. Der aktuelle Zustand jedoch ist definitiv untragbar. Eventuell kann man die OP mit dem dritten Versuch, die eustachischen Röhre aufzublasen, verbinden.

Reha 2: Bodensee

Neun Wochen lang begab ich mich zur Behandlung in eine psychosomatische Klinik am Bodensee – von Mai bis Juli 2016. Während jener Zeit entschieden meine Frau und ich, getrennte Wege zu gehen. Nach neunzehn gemeinsamen Jahren. Die näheren zu der Trennung führenden Umstände bin ich außerstande aufzuschreiben. Nur ein Aspekt sei hier erwähnt:

Unmittelbar nach dem Unfall war ich komplett verschoben und entstellt. Meine Frau bekam mich so zu Gesicht. Wenn sie mich nun anschaute, erschien ihr oft dieses Bild vor ihrem geistigen Auge. Auch im Bett. Nicht gerade erotisch.

Anfangs schützte sie mich sehr und sagte nie etwas, was mich zusätzlich belasten könnte. Doch irgendwann wurde mir klar, dass etwas zwischen uns steht.

Uns wurde von meinem Therapeuten noch eine Maßnahme zur Rettung unserer Ehe angeboten, für die sich meine Frau allerdings nicht erwärmen konnte.

In der Reha machte ich zum ersten Mal nach dem Unfall wieder Höhenerfahrungen in dem zugehörigen Hochseilgarten. Seit 2008 bin ich selbst ausgebildeter Hochseiltrainer und war recht aktiv. Anfangs bekam ich panische Angst, hatte aber den Ehrgeiz, diese zu überwinden und versuchte es regelmäßig. Tatsächlich wurde es von Mal zu Mal besser. Heute bin ich wieder in der glücklichen Lage, regelmäßig Hochseilgarten-Events abzuhalten. Ein Stück altes Leben.

Auch fuhr ich dort zum ersten Mal wieder Fahrrad, da sich das ebene Gelände um den Bodensee hervorragend anbot. Eine Tour ging über 30 km, danach war ich völlig ausgepowert. Mein Energielevel ist mit dem von früher nicht zu vergleichen, worunter ich sehr leide. Früher bin ich recht viel Fahrrad gefahren, zum Beispiel die 17 km in die Schule mit deutlichen Höhenunterschieden.

Meine frische Trennung verarbeitete ich, indem ich mich durch die halbe Klinik vögelte. Dort lernte ich auch die Frau kennen, mit der ich ein Verhältnis einging.

Am Ende dieser Reha war ich psychisch wieder relativ gut auf die Beine gestellt. Neue Lebensgeister waren geweckt.

Psychische Situation 2016 - 2017

Die neuen Lebensgeister halfen mir dabei, mein jahrelanges Zuhause zu verlassen, um der beschlossenen Ehe-Trennung einen klaren Rahmen zu verleihen: Im August 2016 bezog ich eine eigene Wohnung.

Schon ein halbes Jahr später beendete ich meine Affäre. Auf Dauer war das nichts. Zum einen aufgrund der erheblichen räumlichen Distanz – sie wohnte im Norden Deutschlands – zum anderen hatte sie ebenfalls ihr psychisches Päckchen zu tragen. Und Problemkind plus Problemkind ergibt selten etwas Gutes.

Die nächsten Baustellen ließen nicht lange auf sich warten. Nach der zweiten Reha – ich würde sagen ab Ende 2016 – bekam ich Alpträume, Panikattacken und Halluzinationen. Was für eine Wahnsinns-Kombi, oder?

Aber der Reihe nach: Es begann mit heftigen Panikattacken in den verschiedensten Situationen. Bereits zu jenem Zeitpunkt empfahl mir mein Psychiater einen weiteren Aufenthalt in einer psychosomatischen Klinik, den ich rundweg ablehnte.

Doch in der Nacht auf den ersten Schultag nach den Herbstferien 2017 wachte ich plötzlich schweißgebadet auf und erlitt eine so krasse Panikattacke, dass ich mich außerstande fühlte, meine Lehrtätigkeit am nächsten Morgen aufzunehmen! Ich hatte panische Angst vor Menschen! Mein Entschluss gegen eine weitere Reha geriet ins Wanken.

Nun folgte ein Schreck dem anderen. Fürchterliche Alpträume quälten mich Nacht für Nacht, befüllt mit Bildern des Unfalls:

Ein neben mir auf einer Terrassenbrüstung sitzendender Junge, 8- oder 10-jährig, kippt vorneüber, fällt mehrere Meter nach unten und kracht direkt mit der Nase auf eine Stuhllehne.

Ein Mann, der mit einem alten Audi 80 – mit so einem hat sich vor Jahren ein Schüler von mir das Leben genommen – unter einen Lastwagenanhänger fährt. Dem Auto reißt es das Dach weg und ihm den Kopf. Sein Beifahrer flüchtet. Panisch setze ich die auf der Straße verteilten Schädelteile wie ein Puzzle zusammen. Beim finalen Puzzleteil verwandelt sich das Gesicht in mein eigenes Gesicht.

Mal fällt einer von einer Brücke, mal von einem Windrad, mal stürzt einer im Wald vom Fahrrad.

Es sind immer unterschiedliche Träume. Gemeinsam ist, dass alle in Zusammenhang mit dem Unfall stehen. Immer kommen Schädelverletzungen vor, immer ist danach das Gesicht zermatscht.

Von einem Motorradunfall selbst jedoch träume ich nie.

Nicht nur inhaltlich unterscheiden sich die Träume von früher, auch sind sie unglaublich real. Oft träume ich von alltäglichen Begegnungen mit Menschen und ich empfinde dies, als ob sie der Realität entsprächen. Daher weiß ich vereinzelt nicht, was wirklich geschehen ist und was ausschließlich auf meinen Träumen basiert. Verschwommen ist die Grenze zwischen Wahrheit und Fiktion. Das verunsichert mich sehr im Umgang mit meinen Mitmenschen.

Doch damit nicht genug, die Situation verschärfte sich weiter: Die Erlebnisse des Wachkomas trieben ziemlich grausame Blüten: Wie von okkulten Kräften herbeigerufen erschienen mir die zwei Pfleger aus der Wachkoma-Zeit!

Eines Tages bemerkte ich ganz unerwartet, wie jemand dicht an mir vorbeiging. Sobald ich herumfuhr, sah ich links die beiden Pfleger, wie sie mich anguckten – der eine mit diesem fiesen, einprägsamen Gesichtsausdruck von „Shining" – und mir nonverbal zu verstehen gaben, dass sie mich kriegen werden! Mir wurde schwindelig, fühlte mich plötzlich orientierungslos!

Um die Bilder loszuwerden, schüttelte ich den Kopf, und als ich das nächste Mal den Blick hob, waren sie verschwunden. Ich wandte den Kopf und blickte einen Moment lang verdutzt um mich, ehe mir dämmerte, was los war: Unauslöschlich hatten sich die zwei Pfleger in meinem Kopf eingebrannt!

Im Durchschnitt dreimal täglich erschienen mir meine Peiniger von nun an und signalisierten mir ihre Überlegenheit. In den verschiedensten Zusammenhängen. Jenen geisterhaften Bildern haftete etwas so Unheimliches an, dass ich die Angst und Panik in jeder Faser meines Körpers spürte. Unmöglich war es, ihnen auszuweichen! Meine schlimmsten Befürchtungen wurden übertroffen. Mittlerweile hatte ich so viel erreicht, um nun wieder eingeholt zu werden von der Vergangenheit. Würden die Pfleger denn niemals verschwinden?

In diesem Zusammenhang ist es vielleicht nicht ganz verwunderlich, dass Alkohol erneut zu einem massiven Problem wurde. Früher trank ich auch schon gerne ein Bierchen, am Wochenende auch mal mehr, aber nun nahm der Konsum Überhand. Da liefen vier, fünf, sechs Kolben am Tag durch. Es verhalf mir zu einem Anflug von Hochgestimmtheit, half mir, meine Gefühle in eine Art Vakuum zu verpacken, brachte mir kurzzeitigen Trost.

Am nächsten Morgen allerdings war jegliches durch Alkohol herbeigeführte Hochgefühl jäh verflogen. Erwies sich als keine dauerhafte Möglichkeit, der Wirklichkeit zu entfliehen. Wie es schien, konnte nichts die Erinnerungen verdrängen.

Schließlich musste ich der Wahrheit ins Auge blicken und mir eingestehen, das Erlebte nicht aus eigener Kraft verarbeiten zu können. Ich hatte ja schon Mühe, die Gegenwart zu bewältigen. So überwand ich meine Abneigung gegen eine weitere Reha-Maßnahme. Dringender denn je benötigte ich professionelle Hilfe, dringender denn je war es Zeit, die Ärmel hochzukrempeln und sich dem Widerfahrenen zu stellen.

Ein Gutachter hält zu dieser Zeit fest:

„Herr Winkler beschrieb massive Schlafstörungen mit schreckhaften Träumen und Bildern. Er sei geräuschempfindlich und ertrage nur erschwert größere Menschengruppen.

Insgesamt sei seine Lebensfreude aktuell weg. Er frage sich, für was der nächste Tag kommen soll.

Er setze daher neben seiner ambulanten psychosomatischen Behandlung große Hoffnung der Besserung seiner Beschwerden in die eingeleitete mehrwöchige stationäre Traumatherapie."

Auszug Rehacare vom 11.09.2017

Reha 3: Traumaklinik

Meistens resultieren Traumata aus realen Ereignissen. Mein reales Ereignis war aber im Grunde genommen gar nicht mein Trauma, sondern in erster Linie die malträtierenden Erlebnisse im Wachkoma. Das war nicht nur eine große Herausforderung für die Therapeutin. Auch für mich war die Therapie, die wir begannen, viel anstrengender, als ich erwartet hatte.

Sie lud mich ein, mir einen Wohlfühlraum vorzustellen. Mein rotes Ledersofa wählend, brauchte es noch eine Projektionsfläche. Hierzu eignete sich am besten ein imaginärer Fernseher an der Wand. Nun ging es ans Eingemachte: Bestimmte Erinnerungen musste ich noch einmal durchleben.

Emotional sehr aufwühlend für mich war jetzt die gedankliche Projektion des bösen und älteren Pflegers. Nicht lange, und ich hatte sein Bild groß vor Augen. Unmittelbar fühlte ich, wie sich mir bei seinem Anblick die Nackenhaare aufstellten. Hart musste ich bei meinen Bemühungen schlucken. War unmittelbar davor, meine Motivation, die ich mir auferlegt hatte, zu verlieren. Kurzzeitig befürchtete die Therapeutin, ich breche ab, aber stolz kann ich behaupten, die Sitzungen durchgezogen zu haben.

Nun musste ich den Pfleger gedanklich immer näher heranzoomen, um ihn so genau wie möglich beschreiben zu können. Erst die schrecklichen Augen, dann den schrecklichen Mund. Jedes Detail sah ich gestochen scharf vor mir, jedes Härchen hätte ich exakt beschreiben können.

Nur seine Nase sah ich nicht, was ich erst in diesem Moment verblüfft feststellte. Ein absurder Gedanke brachte mich zum Schmunzeln: Er sah aus wie Voldemort! Wer hat dem denn die Nase weggenommen? Die Augen, der Mund, das Gesicht, die Haare, der Vollbart, alles reell, aber der hatte keine Nase, der Typ!

Durch die bewusste Fokussierung und sachliche Beschreibung verlor er schleichend seine Grausamkeit. Transformierte sich etappenweise von einer Schreckensgestalt zu einem normalen Menschen.

Bei der finalen Sitzung musste ich den imaginären Fernseher ausschalten. Ein allerletztes Mal erschien er mir in dieser Schlussszene nochmal urplötzlich, dann schaltete ich gedanklich mit ordentlich Nachdruck aus und – weg war er. Das Ausknipsen war wie bei einem alten Röhrenfernseher, in dem das Bild zentripetal verschwindet.

Besagte Therapiemethode war erstaunlich erfolgreich:

Der böse Pfleger kam nie wieder!

Alle Stimmen in meinem Kopf waren verstummt, alle Bilder gelöscht.

Die Alpträume leider nicht, nach wie vor werde ich in unregelmäßigen Abständen von ihnen heimgesucht. Da die Situation zur Reha-Zeit aber ganz gut war, sah ich keine Veranlassung, der mir empfohlenen Reha-Verlängerung zuzustimmen.

„Schmerz lass nach! Der Doktor kommt“ ist ein altbekanntes Sprichwort – so sind viele Symptome allein deswegen gemildert, weil man einen Arzt oder einen Therapeuten gesehen hat, ohne dass dieser in irgendeiner Form eine Therapiemaßnahme durchgeführt hat. So war es vielleicht auch mit meinen Alpträumen und der Reha.

Das von mir gezeichnete Bild der Wasserturmszene entstand übrigens in dieser Reha im Zuge einer Maltherapie.

Im Vergleich zu den ersten beiden Rehas musste ich bei dieser im Vorfeld unterschreiben, während des fünfwöchigen Klinikaufenthaltes gänzlich auf Alkohol zu verzichten. Auf diese Weise sollte gewährleistet bleiben, dass ich mich voll und ganz auf die Behandlung konzentrieren kann.

Tatsächlich schaffte ich es, fünf Wochen ohne einen einzigen Tropfen durchzuhalten, was ich durchaus als Herausforderung empfand. Nicht nur einmal war ich versucht, jede Vernunft in den Wind zu schlagen.

Nicht lange nach meiner Heimkehr begann alkoholtechnisch jedoch ein ähnliches Spiel.

Haftpflichtversicherung

Sein Roller und mein Motorrad waren bei der gleichen Versicherung unter Vertrag.

Jetzt versucht die Versicherung – zumindest meinem Eindruck nach – sehr kosteneffektiv zu arbeiten. Ein toter Mensch kostet nicht viel Geld. Punkt. Man muss es einfach so sagen. Unabhängig von der Lebensversicherung, das ist eine andere Geschichte. Hier geht es um Haftpflichtschäden. Tote Menschen kosten die Versicherung eine einmalige Todesfallleistung von ca. 20 000 Euro an die Hinterblieben und gut ist.

Demgegenüber kostet ein verletzter Mensch natürlich immense Summen. Angefangen von Verdienstausfall, Krankenhaus- und Rehakosten, über Rentenzahlungen, Schmerzensgeld, Entschädigungszahlungen, in diesem

Fall kommt richtig was zusammen. Da sind wir locker in einem sechsstelligen Bereich. Auch locker in einem mittleren sechsstelligen Bereich.

Diese Tatsache lässt in mir den Verdacht aufkeimen, dass die Versicherung jetzt sehr berechnend zu Werke geht und versucht, den Fall so hinzudrehen, dass ich die Alleinschuld trage. In besagtem Fall müsste sie lediglich die Todesfallleistungen zahlen und sind dann raus.

Wäre der andere maßgeblich schuld, müssten sie besagte Todesfallleistungen nicht übernehmen, aber eben meine Kosten.
Dazu besteht bei mir das Risiko möglicher weiterer Kosten, bei einem Toten sind die Aufwendungen abgeschlossen. Bis heute ist der Fall ungeklärt, die Mühlen der Versicherungen mahlen sehr langsam.

Manchmal lässt es mich beinahe an die fiktiven Capitol-Versicherung von Stromberg erinnern.

Private Unfallversicherung

Eine andere Geschichte ist die private Unfallversicherung. Der Körper wird dort nach Invaliditätsprozenten eintaxiert. Je höher der Prozentsatz der Invalidität ist, desto mehr Geld wechselt den Besitzer. Auch die zicken rum, da sie sich bisher massiv sträuben, meine psychischen Folgeerkrankungen wie meinen Tinnitus anzuerkennen.

Normalerweise sagt man, dass nach einem, spätestens nach anderthalb Jahren, eine Begutachtung stattfindet, bei welcher der Prozentsatz durch medizinische Gutachter festgelegt wird.

Bei mir machten sie ganze dreieinhalb Jahre hierzu keine Anstalten. Erst Ende des Jahres 2018 musste ich mich hierzu in der Uniklinik Ulm einfinden. Klar, bis dahin erhofften sie sich wohl, gehe es mir weitaus besser als zwei Jahre zuvor.

Bleibt die Hoffnung, dass besagte Gutachter nun all meine Baustellen anerkennen werden – die Entscheidungen stehen noch aus.

Manchmal ähnelt das Ganze beinahe dem Feilschen auf einem türkischen Basar.

Jetzt warte ich die vermeintliche Gesamtsumme ab und entscheide dann zusammen mit meinem Anwalt, welche weiteren Rechte wir für mich einklagen.

Ausblick: Motorradfahren?

Ob ich je wieder Motorradfahren werde? Bald wieder. 2019 wird es in die Richtung gehen. Ja, ich habe das Gefühl: Irgendetwas wird kommen! Im Sommer möchte ich mir ein Motorrad mieten und ein Wochenende Probefahren.

Der Gedanke hat sich fest in meinen Kopf eingenistet. Mir fehlt das leidenschaftliche Hochgefühl, das mich jedes Mal erregte, sobald ich mich auf mein Moped setzte. Ein Gefühl, das ich jetzt fast vier Jahre hatte entbehren müssen. Ja, mir fehlt Motorradfahren. Ist die Angst vor einem erneuten Unfall es wert, gänzlich auf dieses Vergnügen zu verzichten? Nein, befinde ich.

Ich lösche den Gedanken an einen weiteren Unfall, als könne ich so die Möglichkeit eines Unfalls auslöschen.

Anfang 2016 setzte ich probehalber einen Motorradhelm auf. Im Nu geriet ich in Panik, bekam Herzrasen und Schweißausbrüche. Schleunigst musste ich ihn wieder absetzen. Ein Ding der Unmöglichkeit.

Mein Neffe und sein Kumpel holten mein ramponiertes Motorrad nach dem Unfall vom Abschlepper ab, woraufhin es lange bei meinem Schwiegervater in der Garage stand wie ein totes Museumsstück.

Eines Tages beförderte ich es zu mir, wonach es weitere Monate meine eigene Garage zierte. Im April 2016 brachten wir es zu einem mir gut bekannten Händler ins Nachbardorf, der es verschrotten ließ und weg war´s. Ohne eine große Zeremonie abhaltend, flossen doch die Tränen. Die Maschine war nicht nur mein Baby, auch waren es vor allem der Schmerz und der ganze Unfall, die mit ihr unweigerlich verbunden waren. Schade, dass man nicht auch die Nachwirkungen mit verschrotten konnte.

Wenn es irgendwo geparkt und vom Laster überrollt worden wäre, hätte ich mir einfach eine neue Maschine gekauft und fertig. Aber so bleibt mein Motorrad für immer verbunden mit jener drastischen Lebenswendung.

Bereits drei für mich wegweisende Daten ließ ich als Tattoo auf meinem Körper verewigen. So den Namen meiner Frau, verbunden mit unserem Hochzeitsdatum und später die Namen unserer Kinder in Kombination mit deren Geburtsdaten.

Als stetes Mahnmal, wie schnell alles vorbei sein kann, als Erinnerung, wie vergänglich Dinge sind, die wir für selbstverständlich halten, und als Gedenken an jenen schrecklichen, lebensverändernden Tag wurde es nun Zeit für das vierte Tattoo: Den Namen meines Mopeds mit eingelassenem Unfalldatum. *K1300R, 21.06.15.*

Bewusst an den Oberschenkel platziert, bewusst parallel zur Narbe des Bruchs. Abgepaust vom Seitendeckelaufdruck ist es sowohl die Originalgröße, als auch die gleich schwarze, leicht ausgefranste Schrift.

Vorher

Nachher

Leben mit einem fremden Gesicht

Im Grunde genommen stellt mein Gesicht das größte Problem dar. Oft ertappe ich mich dabei, wie ich vor dem Spiegel stehe, kritisch mein Spiegelbild mustere und feststellen muss:

Es ist nicht mein Gesicht!

Ja, mein Gesicht ist mir fremd geworden.
Ich konnte mich bis heute nicht daran gewöhnen.

Viele Transplantationspatienten berichten, dass sie ein Körperteil oder ein Organ zwar nicht körperlich, sondern rein psychisch abstoßen, weil sie einen Fremdkörper in sich spüren. Genau dasselbe empfinde ich.

Sicher kommt bei mir erschwerend hinzu, dass ich unmittelbar an den Unfall erinnert werde, sobald ich es sehe.

Vermutlich ist es weniger ein optisches denn ein persönliches Problem. Mein gesamtes Umfeld gibt mir nämlich zu verstehen, den Unfall optisch super überstanden zu haben. Hier unterscheidet sich meine Selbstwahrnehmung völlig von der meiner Mitmenschen.

Wenn ich mich objektiv vor dem Spiegel beschreibe, muss man aber einfach sehen, dass sich etwas verändert hat:

Meine Augenform ist nicht mehr symmetrisch, gleichzeitig sitzen die Augen tiefer. Zudem unterscheiden sie sich in der Höhe, das rechte sitzt höher als das linke.

Zwischen dem linken Auge und dem Ohr entstand eine ca. acht Zentimeter große Delle. Wie das passieren konnte? Wenn ein gebrochener Knochen wieder zusammenwächst, bildet sich um diese Stelle eine Membranschicht. Die Knochenheilung kann hierbei als sogenannte „Exostose“ am Bruchspalt deutlich breiter ausfallen, als der Knochen zuvor war. Auch fühlt sich jener Knochen anders an, ist flacher und steht scharf hervor. Links viel ausgeprägter als rechts, vermutlich war der Bruch dort anders oder die Knochenheilung verlief besser.

Die zweite Ursache ist, dass der seitlich neben den Augen verlaufende Kaunebenmuskel schrumpfte. Wenn ihr die Zähne fest zusammenbeißt, die Kiefer dann hin und herbewegt und euch dabei an die Schläfen fasst, spürt ihr, wie er sich bewegt. Dieser Muskel ist bei mir „atrophiert“, also auf gut deutsch gesagt: geschrumpft. So erklärt sich meine „Schläfendelle“.

Schaut man weiter ganz genau hin, sieht man, wie meine obere linke Lippe leicht nach unten hängt wie nach einem leichten Schlaganfall.

Und wenn ich mich nun *ohne* Spiegel beschreiben müsste?

Dann sehe ich aus wie ein Monster! Wie ein gottverdammter Alien! VÖLLIG DEFORMIERT!

So fühle ich mich.

Unverändert habe ich das Gefühl, dass mich Leute anstarren. Es ist wahrscheinlich völliger Blödsinn. Aber wenn ich irgendwo hingehe und mich kurz jemand seltsam anschaut – selbst, wenn derjenige es völlig unbewusst macht – vermittelt mir mein Empfinden die Bestätigung: Ich sehe entstellt aus! Gesagt hat noch nie jemand etwas.

Weise ich bewusst zum Beispiel auf die Delle, sagen die Leute, dass sie diese zuvor überhaupt nicht wahrgenommen haben. Tatsächlich wird sie recht gut von meinem Brillengestell verdeckt. Ich glaube den Leuten sogar, und doch empfinde ich selbst anders. Eine große Diskrepanz zwischen Wahrheit und Empfinden.

Tief in mir trage ich noch die Hoffnung, mein Gesicht irgendwann einmal als das Meine annehmen zu können.

Soziale Beziehungen

Eine ernsthafte Beziehung will und kann ich derzeit nicht eingehen. Nicht nur, weil ich keine Verantwortung übernehmen möchte, erst recht nicht für etwaige Kinder. Ich bin nicht verlässlich. Gleichzeitig empfinde ich mich unverändert als Zumutung für andere. Ob das jetzt so ist oder nicht, ist eine völlig andere Geschichte. Ich selbst bin der Überzeugung: Mich hat keiner verdient.

Sex wiederum ist cool. Schon zwei Tage nach meiner Krankenhausentlassung vermerkte ich in meinem Tagebuch:

„Auch im Intimbereich funktioniert Gott sei Dank alles noch einwandfrei, etwas eingeschränkt durch den Fixateur, aber geht."

Ein sachkundiger Arzt erklärte mir, dass Depressionen Auswirkungen auf die Libido haben können. Entweder steigt das Verlangen oder nichts wird einen erregen. Bei mir ist das Erstere der Fall. Mein Erregungsreflex springt wahnsinnig leicht an. Aber vielleicht ist das auch meine Art, mir zu beweisen, dass ich noch lebe und um mich jenseits von Schmerzen zu spüren.

Schlusswort

Ich stand mitten im Leben. Ich war gut, wie ich war, stand in meiner inneren Mitte. Bis zu jenem einen Tag. Ab da war nichts mehr, wie es war. Der Motorradunfall hätte mich um ein Haar umgebracht. Nur schwer fand ich in meinen Alltag zurück. Musste mich Schritt für Schritt ins Leben zurückkämpfen. Selbst heute noch fällt es mir schwer, mich in dieser Welt zurechtzufinden.

Anhaltend muss ich das Erlebte in meinen Alltag integrieren. Was ich in meinen Parallelwelten erlebt habe, ja, erleben *musste*, dieses Gefühl kriege ich bis heute nicht weg. *Ich habe das erlebt, ich war da!*

An die Zeit vor dem Unfall denke ich zurück, als ob sie eine Ewigkeit zurückliegen würde.

Obwohl die fehlende Ausdauer seit nunmehr vier Jahren mein Normalzustand ist, konnte ich noch nicht akzeptieren, dass mein Körper unwiderruflich geschwächt ist. Außerstande, mich lange zu konzentrieren, wünsche ich mir eine Tankstelle, an der ich Energie aufladen kann. Meine Konzentrationsfähigkeit erinnert an die einer Eintagsfliege.

Doch nicht nur das belastet meinen neuen Alltag. Meine Nase macht mich wahnsinnig! Besonders nachts plagt mich heftiges Nasenbluten. Ein Königreich für eine freie Nase!

Gleichzeitig quälen mich ständig präsente, grässliche Kopfschmerzen, gepaart mit einem grundlegenden unerträglichen *Gesichtsweh*. Für Notfälle ist die Schulmedizin super, bei chronischen Gebrechen stößt sie in den meisten Fällen an ihre Grenzen. Meine Ärztin empfahl mir nun eine Schmerztherapie, die wir demnächst in Angriff nehmen wollen. Zu guter Letzt meldet sich jetzt noch mein

Rücken zu Wort – ein schmerzhafter Bandscheibenvorfall!

Fortwährend bestätigen mir die Ärzte, dass es unglaublich sei, wie gut ich schon wieder dastehe. Das ist ja die große Diskrepanz: Für mich selbst sind die vier Jahre eine sehr lange Zeit, dachte, aufgrund der sehr schnell vorwärtsschreitenden ersten Heilungsphase, in einem halben Jahr sei alles vorbei. Doch seitdem geht alles nur noch zäh, schleppend voran.

Das Verhältnis zu meinen Kindern wurde durch den Unfall zum Glück nicht beeinflusst, ist unverändert sehr gut. Immer noch tut es mir leid um die Todesängste und die Sorgen, die sie und meine Frau ausstehen mussten und hoffe, dass sie nicht mehr darunter leiden.

Man muss natürlich auch sehen, dass sich mein Gesicht nicht nur für mich selbst verändert hat, auch das Gesicht ihres Vaters und Ehemannes ging durch den Unfall für immer verloren. Trotzdem haben mich die drei auch mit fremdem Gesicht immer getragen und zu mir gehalten und tun es bis heute, was mich innerlich stärkt und mir Zuversicht verleiht.

Ob der Unfall auch positive Seiten aufzuweisen hat? Ich bin gelassener und ruhiger geworden. Tiefgründiger. Ich kann viel mehr verstehen. Vor allem, wenn es anderen schlecht geht. Früher hat mich das nicht sonderlich interessiert. Mittlerweile sehe ich meine Mitmenschen und mich selbst mit anderen Augen. Vielleicht bin ich auch vernünftiger geworden.

Wenn ich nach weiteren positiven Aspekten suche, werde ich depressiv, weil sich vielleicht aber auch rein gar nichts positiv verändert hat, weil sich alles nur verschlechtert hat.

Was auch immer passiert sein mag: In letzter Zeit war es mir tatsächlich möglich, eine Art Frieden zu finden. Ein gewisses inneres Gleichgewicht hat sich eingestellt. Es ist eben mein Schicksal, welches mir zuteilwurde.

Ich habe von Menschen gehört, die ihre erste Vollnarkose nicht überlebten. Ich hatte ganze elf in zwei Jahren. Weitere werden folgen.

Ich habe von Menschen gelesen, die wegen ihres Tinnitus Selbstmord begingen. Seit Monaten ist das quälende Pfeifen mein ständiger Begleiter.

Ich habe im Fernsehen Menschen gesehen, die wegen einer Trennung einen Mord begingen. Der Unfall zerstörte meine Ehe.

Ich habe von Menschen gehört, die ein Leben im Rollstuhl dem Verlust des Geschmacksinns vorziehen würden. Nie wieder werde ich etwas schmecken und riechen.

Ich habe Menschen erlebt, die durch ein fremdes Körperorgan schwer depressiv wurden. Jeden Tag schaue ich in ein entstelltes Gesicht, welches mir zudem starke chronische Schmerzen bereitet.

Hinzukommt die schwere Last der Schuldgefühle, die mich mein Leben lang begleiten werden wie der eigene Schatten.

Ja, ich habe den Unfall mit knapper Not überlebt, aber ich habe einen hohen Preis dafür bezahlt.

Dabei wollte ich doch einfach nur Motorradfahren.

Dennoch empfinde ich eine überwältigende Dankbarkeit. Ich bin so dankbar, dass für mich die Geschichte weiter gehen darf, ja, dass ich überhaupt am Leben bin. Ich bin so dankbar, dass es hierzulande hochqualifizierte Ärzte gibt, die an mir ein medizinisches Wunder vollbracht haben. Und ich danke allen Menschen in meinem näheren und weiteren Umfeld für ihre unermüdliche Geduld, Rücksicht und Anteilnahme.

Zum Glück wankt mein Inneres nicht länger zwischen Dankbarkeit und der puren Verzweiflung darüber, den Unfall überlebt zu haben. Vereinzelt kam mir jedoch der Gedanke, dass es an jenem schicksalshaften Ort zu Ende gegangen wäre, verlockender vor.

Inständig hoffe ich nun, dass es irgendwann einmal heißt:

Nie wieder Flügelhemd!

Ralph: Nachwort und Danksagung

Jetzt ist das Buch tatsächlich fertig. Doch wie kam es zu dem Ganzen? Instinktiv machte ich, sobald ich mein Handy in der Hand hatte, Bilder von mir und begann sofort, Tagebuch zu schreiben. Irgendwie erschien mir das wichtig.

Als ich in der zweiten psychosomatischen Klinik war – in der ersten war wohl die Zeit nicht reif – empfahl mir meine Therapeutin, ich solle aus meiner ganzen Geschichte – aus dem Film, welcher allgegenwärtig in meinem Kopf ist – einen gedanklichen Film machen, in den ich alle Gedanken des Unfalls packe und diesen auf eine fiktive DVD brenne. Auf diese Weise hätte ich die Möglichkeit, sie in eine Schublade zu legen, um sie somit zeitweise aus dem Kopf zu verbannen. Die Omnipräsenz der Bilder erschwerte und belastete meinen neuen Alltag immens. Nur bei Bedarf solle ich die „DVD" herausnehmen und anschauen. Sie dann aber auch wieder bewusst wegpacken.

Jene Idee ist so in mir gereift, dass ich schließlich vollkommen davon überzeugt war. Leider fiel mir die Umsetzung sehr schwer. Unmöglich war es mir, meine Gedanken zu bündeln und vor allem, sie vollständig zu eliminieren. Sie waren einfach nicht greifbar.

Ich beschloss: Etwas Konkretes muss her, etwas Materielles. Am liebsten wäre es mir gewesen, wenn ich für diesen Therapiezweck meinen gedanklichen Film in einen echten umwandeln hätte können. Aber einen Film zu drehen ist eben nicht ganz einfach, erfordert sehr viel Einsatz, Können und Kapital.

In einem Gespräch mit meiner Kollegin Susanne entstand die Idee, meine Geschichte niederzuschreiben statt zu verfilmen. Auf meine Bedenken hin, ich könne das allein nicht bewerkstelligen, meinte sie, dass sie schon immer ein Buch schreiben wollte. So führte eins zum anderen: Wir taten uns zusammen und machten uns an die Arbeit. Ich nahm Sprachnachrichten auf und Susanne brachte es zu Papier.

Der Anfang war relativ einfach, zumindest für mich. Es sprudelte nur so aus mir heraus.

In der nächsten Phase mussten wir über viele Stellen reden, um einige Details abzuklären. An diesem Punkt hätte ich mich am liebsten zurückgezogen, wollte mich rausnehmen, konnte beinahe nicht mehr. Auch zuvor hatte ich meine Geschichte schon vielen erzählt: Bekannten, Verwandten, Schülern, Kollegen. Aber als wir jetzt richtig konkret wurden, wurde die ganze Geschichte so… fixiert. Echt komisch. Musste auch manchmal echt einfach weinen.

Daher war die Arbeit an diesem Buch für mich teilweise sehr aufwühlend und stressig.

Hier war ich sehr froh, dass du, Susanne, mich motiviert und mitgezogen hast! Ansonsten wäre das Buch evtl. nie fertig geworden. Dafür vielen Dank, es war eine sehr gute Partnerschaft!

Jetzt, da das Buch fertig ist und ich es in den Händen halten kann, hoffe ich, dass der Plan mit dem Wegpacken nun besser funktioniert.

Wenn nicht, findet sich ja vielleicht eine Hochschule oder eine ähnliche Einrichtung, welche dann doch noch einen Film daraus macht.

Ich danke meiner Frau Carmen. Du hast trotz der Trennung, die wir beide immer wieder hinterfragen, zu jedem Zeitpunkt zu mir gehalten und mich zu hundert Prozent unterstützt. Du hast mich geduldig gepflegt und mir dabei Kraft und Hoffnung gegeben. Es tut mir unendlich leid, dass sich mein Wesen so verändert hat und ich dadurch sehr viel kaputt und schlecht gemacht habe. Ich war und bin sicher nicht einfach. Ich bin sehr unzufrieden mit mir selbst, äußerlich wie innerlich. Es war und ist für dich sehr schwer an mich ranzukommen. Trotzdem hältst Du zu mir und unterstützt mich.

Nun zu euch, Emely und Nick, was bleibt da zu sagen? Ich liebe euch. Ich wünschte auch für euch, dass ihr dieses Leid und den Schmerz nie hättet erfahren müssen. Trotzdem habt ihr mich immer liebevoll gestützt, was bis heute anhält und dafür bin ich euch sehr dankbar. Ihr seid tolle Kinder, auf die ich sehr stolz sein darf!

In Gedanken war und bin ich viel bei meiner Mutter, sie musste mit ihren Kids schon viel Leid erleben und war trotzdem immer eine starke Frau. Ja, meine gesamte Familie stand zu hundert Prozent hinter mir und hat mit mir mitgelitten.

Auch liegen meine Gedanken beim Unfallbeteiligten, der leider in dieser Unglücksstunde sein Leben verloren hat, und seiner hinterbliebenen Familie. Ich kann es nicht in Worte fassen, was ich hierbei empfinde. Es tut mir leid! Es war definitiv für uns beide eine Unglückssekunde. Wenn ich die Möglichkeit hätte, würde ich das Geschehene rückgängig machen. Ja, oft habe ich mir gewünscht, dass der Kelch an uns vorübergegangen wäre, aber dies liegt leider – oder vielleicht auch Gott sei Dank – nicht in unserer Hand.

Immer wieder denke ich an alle anderen, die diesen Unfall direkt und indirekt miterleben mussten. Angefangen von denjenigen, die am Unfallort waren und das ansehen mussten. Ich selbst musste auch schon zwei oder drei Unfälle als Zeuge erleben und weiß, dass sich diese Bilder fest ins Gedächtnis einbrennen können. Auch gelten meine Gedanken und mein Dank allen Polizisten, Ärzten, Pflegekräften, Therapeuten und Helfern. Es ist sicher nicht schön, so etwas sehen und erleben zu müssen. Ihr seid großartig!

Ich möchte mich natürlich bei restlos *allen*, die in irgendeiner Weise an meinem Weg beteiligt waren, danken! Es waren so viele, dass ich gar nicht weiß, ob ich jemanden vergessen habe.

Ein ganz großes Dankeschön gilt allen Freunden, Mitarbeitern und Foundern von *lifeplus*, für die meine Frau tätig ist. Die Anteilnahme war unbeschreiblich! Auch all den Geschäftspartnern, welche uns noch wirklich großzügige Produktspenden haben zukommen lassen, und für die unglaubliche Anteilnahme gilt ein herzlicher Dank.

Namentlich möchte ich Lissy und Werner und ganz besonders Elfi und Beat erwähnen: Ihr wisst, was ich meine. Ebenfalls habe ich durch Gabi und Manfred sofort großartige Hilfe und Unterstützung erfahren.

Abschließend möchte ich mich noch kurz an die Verbreiter der unglaublichen Gerüchte wenden. In Zukunft möchte ich euch bitten, mit vorschnellen Verurteilungen zurückhaltend zu sein, solange ihr nicht alle Informationen habt. Das gilt natürlich prinzipiell im Leben: Ist man sich einer Sache nicht sicher, einfach mal die Klappe halten.

Alle abgedruckten Bilder sowie zahlreiches Bonusmaterial findet ihr auf unserer Facebookseite „Nie wieder Flügelhemd".

Lob, Kritik, Kommentare und Bestellungen nehmen wir gerne unter ***Nie.wieder.fluegelhemd@gmail.com*** entgegen.

Ralph Winkler, April 2019

Susanne: Danksagung

Ich bin, das muss ich wohl kaum erwähnen, keine professionelle Schriftstellerin. Dennoch war es seit jeher ein Traum von mir, ein eigenes Buch zu schreiben, was vielleicht daran liegt, dass ich von Kindesbeinen an eine passionierte Leserin bin. Allein mir fehlte die Idee.

Als mein Kollege Ralph mich eines Tages fragte, ob ich seine Unfallgeschichte zu Papier bringen wolle, kam schließlich eins zum anderen. Wir kennen uns seit Jahren und auch seine Unfallzeit erlebte ich bewusst mit, sodass ich mir zutraute, dies in seinem Sinne umsetzen zu können.

Also starteten wir: Er lieferte Audioaufnahmen, ich versuchte – nicht ohne Unterstützung – sprachlich angemessen zu formulieren. Innerhalb eines guten Jahres gelang es uns nun, seine gesammelten Erlebnisse in diesem Buch festzuhalten.

Nun, da das Buch fertig ist, hoffe ich für ihn, dass er es schafft, dieses ins Regal zu stellen und mit ihm all seine Erinnerungen an den Unfall einstauben zu lassen. Viel Glück Ralph und danke für diese spannende Erfahrung und für die gute Zusammenarbeit!

Fürs erste Probelesen möchte ich mich bei meinem Mann Sascha und meinem Vater Jochen Reißmüller bedanken. Sie machten mich auf die ersten Stolperstellen aufmerksam. Mein Vater war es auch, der uns erst auf die Idee brachte, das Buch im Selbstverlag zu veröffentlichen. Dankbar bin ich in hohem Maße denen, die mir in scheinbar aussichtslosen sprachlichen Formulierungsproblemen erstklassig auf die Sprünge halfen: Meiner genialen Freundin Sarah Teimel und meinem Sandkastenfreund Dr. Stefan Mludek samt Frau Johanna. Fürs finale

Korrekturlesen gilt mein Dank meiner Patentante Ruth Keifenheim, die sachkundig so manchen Grammatik- und Sprachgebrauch-Fehler aufspürte. Meine Freundin Astrid Richter fand noch weitere Buchstabendreher – hierfür und für ihr Zitat auf dem Backcover danke ich ihr ganz herzlich.

Erneut sage ich danke an Sarah für das gelungene Cover-Fotoshooting – Ralph stand selbst Modell – und für die gesamte Covergestaltung. Chiara Nothdurft half uns dann bei der Formatierung des Covers, danke hierfür! Gleichermaßen gilt unser Dank unserem Kollegen Hanns-Georg Sauter für die professionellen Autorenbilder.

Vielen Dank euch allen, dass ihr uns so unterstützt und damit dieses Buch möglich gemacht habt!

Susanne Schlecht, April 2019